日本霊異記の仏教思想

小林真由美

青簡舎

1

目次

序章

方に今、小僧行基、并せて弟子等、街衢に零畳して、妄に罪福を説き、朋党を合せ構へて、指臂を焚き剝ぎ、百姓を妖惑す。
（『続日本紀』養老元年四月二十三日）

養老元年（七一七）の、僧尼令に違反する活動を統制する詔の一部である。行基の名をあげて、その集団の違法な行動を指弾している。

「罪福」とは、養老七年七月十日の太政官奏にも「近《このごろ》在京の僧尼、浅識軽智を以て、罪福の因果を巧みに説き、戒律を練らずして、都裏の衆庶を詐り誘《おこつ》る」とあるのと同じく、悪因悪報（罪）と善因善報（福）の因果の理のことである。因果罪福を説く方法が、例話を呈示してその理を明かすという、仏教説話の話法であったであろうことは、想像に難くない。

『日本霊異記』原撰本の成立は延暦六年（七八七）、現存本の成立は弘仁年間（八一〇—八二四）のことであるという。行基の活動から七十年以上も後のことであるが、「現報善悪」と「霊異」の説話を集めたもので、行基たちの「罪福を説く」活動をまっすぐに継承している。『日本霊異記』の一一六話からなる豊かな説話群は、布教僧らの長い年月の活動による、説話の肥沃な土壌からの収穫であろう。

『日本霊異記』上巻序にいう。

祈《ねが》はくは奇《あや》しき記《ふみ》を覧《み》る者、邪《よこしまなること》を却《さ》りて正《ただしきこと》に入れ。諸《もろもろ》の悪《あしきこと》は作《な》すことなかれ。諸の善《よきこと》は奉り行へ。

（『日本霊異記』上巻序）

傍線部は、いわゆる七仏通戒偈「諸悪莫作　諸善奉行」である。『日本霊異記』の編纂意図も行基たちの布教活動も、人々に因果の理を説いて「諸悪莫作　諸善奉行」に導くことが目的であった。

『日本霊異記』現存本の少し後の成立である『東大寺諷誦文稿』にも、「諸悪莫作　諸善奉行」がみられる。

仏ノ教ニ約キテハ、広教、略教有リ。上根ノ為ニハ広教ヲ説キ、下根ノ為ニハ略教ヲ説ク。其ノ略教トイフハ、聖教ニ云ク、諸悪莫作、諸善奉行云。此ヲ能ク持チ給ハム云々。

（『東大寺諷誦文稿』203～204行）

この部分は、仏は相手の機に合わせて法を説くという「対機説法」について述べている章段である。仏は、下根の機のために、平易な略教を説き給うた。それが「諸悪莫作、諸善奉行」なのであるという。すなわち、説話による布教活動とは、下根の救済活動にほかならないということになる。下根の救済にこそ仏の本願があると考える大乗思想の実践である。

『東大寺諷誦文稿』の筆者は、南都の法相宗に関わる人物とされているので、行基、景戒、『東大寺諷誦文稿』の筆者が、法相宗の系譜として繋がる。行基や景戒の活動が、一貫した思想に裏付けられたものであったことが知られる。

山上憶良作「沈痾自哀文」にも、「諸悪莫作、諸善奉行」が述べられている。

況や、我胎生より今日に迄るまで、自ら修善の志有りて、曾て作悪の心なきや。諸悪莫作、諸善奉行の教へを聞きしを謂ふなり。

（山上憶良「沈痾自哀文」、『萬葉集』巻第五）

しかし、「沈痾自哀文」は、宗教家としての文章ではない。病に沈む歎きが連ねられるが、自分は「作悪の心」がなかったのに、なぜ病気となったのかと訝り、病が自らの悪因悪報であるという反省は綴られていない。『萬葉集』の四五一六首の歌の中には、「諸悪莫作、諸善奉行」という仏教思想が詠まれたものはまったくみあたらない。『萬葉集』にもっとも顕著にあらわれている仏教思想は「世間無常」で、仏教語「世間」の翻訳語「よのなか」は集中三十九例使用されている。特に山上憶良、大伴旅人、大伴家持といった、和漢に通達した知識人たちの作品に多くみられる。『日本霊異記』説話に、「世間無常」はほとんど触れられていないことと、対照的な現象である。同じ奈良時代前後の言語活動でありながらも、「諸悪莫作、諸善奉行」を説く仏教説話の世界と『萬葉集』の世界が、まったく異質なものであったことが知られる。

宮都の知識人たちが無常を嘆いている間に、説話の世界は、より広くより遠くへと開墾を続けられていたに違いない。高邁な学問とは無縁な、「下根」の衆生のために続けられてきた活動である。『日本霊異記』は、そうした活動の一つの結実であり、達成である。

第一部　『日本霊異記』の仏教思想

第一章　道場法師系説話の善悪応報

一

『日本霊異記』の雷神は、コミカルに描かれているようである。

上巻第一縁「雷《いかづち》を捉《と》る縁《ことのもと》」。雄略天皇の肺腑の侍者である小子栖軽《ちひさこべのすがる》は、天皇から雷神をお迎えせよという命を受け、軽諸越《かるのもろこし》の衢《ちまた》で叫びを上げ、雷を招請した。帰路、雷神が道端に落ちているのを発見し、神司を呼んで大宮に連れて帰った。栖軽の死後、天皇は栖軽の忠信を偲び、雷神が落ちた場所に墓を作り、「雷を取りし栖軽の墓」という碑文の柱を立てた。腹を立てた雷神は落雷して碑文の柱を蹴り踏んだが、柱の裂けた隙間に挟まり、動けなくなってしまった。救出されたものの、七日七夜も呆けてそこにとどまっていた。天皇は、再び栖軽の碑柱を立て、「生きても死にても雷を捕りし栖軽の墓」と記した。

上巻第三縁「雷の憙《むかしび》を得て子を生ましめ強き力在る縁」。敏達天皇の世、尾張国愛育郡片蕝里《あゆちのこほりかたわのさと》に一人の農夫がいた。田仕事中に小雨が降ってきたので、木の下に隠れて、金杖を突いて立っていた。

時に雷鳴る。すなはち恐り驚き、金杖を擎《ささ》げて立つ。すなはち雷彼の人の前に堕つ。雷小子《ちひさこ》に成りて随ひ伏す。[1]

雷は、農夫の金属の杖の先をめがけて、落雷したつもりだったのであろう。しかし、的をはずして、農夫の前に落ちてしまった。失敗して面目丸つぶれの雷は、神通力も失ってしまったようである。小さ子の姿になって、農夫にひれ伏し、命乞いをした、天に帰してくれたら、報恩として子を授けることを約束した。やがて、雷の約束通り農夫は子を授かり、その子どもは強力で名高い元興寺の道場法師になった。

雷は、樹木などの突起物や金属に、大音響とともに落ち、巨木をも切り裂いてしまう。雷は現代においても自然の脅威である。古代の人々は、雷を強大な力の神として恐れたことであろう。しかし、『日本霊異記』の雷神は、コントロールが悪く地面に落ちてしまったり、自分で裂いた碑柱の隙間に挟まってしまったりする。雷神は、神としての威厳を失ってしまったようである。

上巻第三縁の道場法師の孫である力女が、中巻第四縁と第二十七縁に登場する。道場法師が生まれた敏達天皇の世から時は移り、聖武天皇の世である。舞台は尾張国と美濃国。中巻第四縁には、上巻「狐を妻《め》として子を生ましむる縁」第二の、狐を母として生まれた人の四代目の子孫である力女が登場し、道場法師の孫娘と対決する。

これらの上巻第二縁・第三縁・中巻第四縁・第二十七縁の四話は、『日本霊異記』において巻を越えて人物の連関がある珍しい例で、道場法師系説話と称されている。雷神捕獲というテーマが共通しているため、上巻第一縁も道場法師系説話に入れて考えられる場合もある、仏教的な要素の少ない世俗説話群である。

本章では、道場法師系説話を上巻第二・三縁、中巻第四・二十七縁の四話とし、道場法師系説話の成立の過程を、民間伝承から仏教説話へ、さらに『日本霊異記』所収説話へという三つの段階を想定して考察する。

二

『日本霊異記』上巻序によれば、上巻第一縁の雄略天皇の世は、仏典はまだ日本に伝わらず、外書のみが日本に伝わっていた時代である。

> 原夫《たづねみれば》内経外書の日本に伝りて興り始れる代におほよそ二時有り。みな百済国より将ち来る。軽嶋豊明宮に宇御《あめのしたをさ》めたまひし誉田《ほむた》天皇の代に、外書来る。磯城嶋金刺宮に宇御めたまひし欽明天皇の代に、内典来る。然れどもすなはち外を学ぶる者は仏の法を誹り、内を読む者は外典を軽《かろみ》す。愚癡《おろか》なる類《ともがら》は迷執を抱き罪福を信《うべな》はず。深く智れる儔《ともがら》は内外を観《み》て因果を信恐《うやまひおそ》る。

書物の伝来時期には、外典伝来期と内典（仏典）伝来期の「二時」があるという。応神天皇（誉田天皇）の世に日本に外典が伝わり、欽明天皇の世に内典がもたらされた。しかし外典を学ぶ者は仏法を誹り、内典を読む者は外典を軽んずる。「内外を観《み》て因果を信恐《うやまひおそ》る」ことが大事であるという。

『日本霊異記』は仏教説話集であるにもかかわらず、冒頭話はまったく仏教と関係のない、雄略天皇と侍者の雷神捕獲の説話である。書物伝来の第一の時期、外典伝来期にあたる。上巻第二縁は第二の時期、仏典伝来期の欽明天皇の世だが、仏教的な記述のない異類婚姻譚である。上巻第三縁の道場法師説話は、仏典伝来の後の世になるが、内容は仏教の教義にあまり関わりがない。仏教説話が本格的に始まるのは、第四話の「聖徳皇太子異《あや》しき表《しるし》を示《あらは》す縁」からである。民間伝承における霊異の説話から始め、徐々に仏教の世界に導き入れるという『日本霊異記』の編纂意図があったのであろう(2)。

柳田国男は、道場法師について次のように述べている。

けだし道場法師のごときは、縦から見ても横から眺めても、仏教の信用にもならず、随って格別本山の名誉でもないにかかわらず、これほど具体的にまた大なる興味をもって、書き残そうとしたのは理由があった。すなわち久しい年代にわたって我々の国民に、最も人望の多かった「力を天の神に授かった物語」、及び日本の風土が自然に育成したところの、雷を怖れてこれを神の子と仰ぎ崇めた信仰が、あの頃もなお盛んに行われていた結果に他ならぬのである。(「雷神信仰の変遷―母の神と子の神―」、『妹の力』)

「日本の風土が自然に育成したところの」雷神信仰が、「あの頃もなお盛んに行われていた」という。雷神信仰は、外来思想の影響を蒙る以前の、日本の在来信仰である。しかし、栖軽が「雷神なりといふとも何故か天皇の請《むかへ》を聞かざらむや」(上巻第一縁)と招請すると、言葉通りに雷が落ちてくるというのは、天皇の王威が雷神を凌駕しているということになる。この説話から、王権という儒教(外教)的倫理が、在来信仰を制圧する構図が読み取れるため、外典伝来期の説話にふさわしいと考えられる。

上巻第三縁では、雷神の申し子である道場法師が、成長した後、仏教に帰依し奉仕するようになる。仏教が在来信仰を吸収してゆく過程が象徴されていると読み取ることができ、仏典伝来期らしい説話であるといえよう。

ではなぜ、『日本霊異記』は仏教説話集でありながら、外典の伝来を仏典伝来と同等に扱っているのであろうか。『日本霊異記』は、「因果の報」を示し、人々を「善き道」に導くための説話集である。

因果の報《むくい》を示《あらは》すにあらずは、何に由りてか悪しき心を改めて善き道を修《おこな》はむ。（中略）祈《ねが》はくは奇《あや》しき記を覧《み》る者、邪を却りて正に入れ。諸の悪は作すことなかれ。諸の善は奉り行へ。

（『日本霊異記』上巻序）

傍線部の「因果」は、仏教で「因果応報」「因果報応」という場合の「因果」で、一般的な「原因と結果」のことではない。善い行為（因）は必ず善い結果（果）をもたらし、悪い行為（因）は悪い結果（果）を呼ぶという、仏教における善悪の観念にもとづく用語である。仏教成立以前のウパニシャッド時代からの業報観を継承した観念で、仏教においては、基本的・入門的な道徳として説かれている。『日本霊異記』上巻序文では、「罪福」「善悪」に対応する語として用いられている。

愚癡之類、懐於迷執、匪信於罪福、
深智之儔、覯於内外、信恐於因果。（中略）
匪呈善悪之状、何以直於曲執、而定是非、
叵示因果之報、何由改於悪心、而修善道乎。

（『日本霊異記』上巻序）

序に述べられているように、人々に因果応報の実例を示し、善悪の道を説くことが、『日本霊異記』編纂の目的であった。「善と悪との報は影の形に随ふが如し。苦と楽との響は谷の音に応ふるが如し」（上巻序）と、因果応報は形と影のように必ず相付き添うものである。『日本霊異記』において、善行は善報をもって、悪行は悪報をもって完結する。出雲路修氏が次のように述べる通りである。

> 『日本霊異記』所収の因果応報説話はすべて「善を作さば福来たり、悪を作さば災きたる」という範囲内におさまり、これを逸脱するものはない、ということになる。[3]

『日本国現報善悪霊異記』は、現報、すなわち現在世の行為の報が現在世のうちにあらわれる因果応報、その善悪の実例と霊異譚を集めた説話集である。「信敬三宝得現報縁」（上巻第五縁）など、表題に「現報」や「報」を含み、応報譚を銘打つ説話も多いが、表題にあらわされた因果応報の例だけではなく、『日本霊異記』の中で行われるあらゆる善悪の行為が、因果応報の網の目に組み込まれているものとして読むべきであろう。『日本霊異記』は、われわれにそうした因果応報の世界を呈示しているのである。

『日本霊異記』によると、「因果」は、「内外を覩《み》て因果を信恐《うやまひおそ》る」（上巻序）とあるように、内典のみではなく、外典にも記されているという。下巻の序にも「夫れ善と悪との因果は内経に著れ、吉と凶との得失は諸の外典に載《しる》せり」とある。そのために、因果応報の説話集である『日本霊異記』は、外典と内典を同等に扱っているのである。

『日本霊異記』説話には、儒教や道教・神仙思想の要素も少なくない。[4]

『日本霊異記』が参考にした唐の『冥報記』にも、仏典以外の儒書の中にも「善悪の報」が論じられていると記されている。

臨、窃《ひそか》に謂《おも》へらく、儒書に善悪の報を論ずること甚だ多し。近きは当時に報ゆ。中《なかごろ》は累年の外に報ゆ。遠きは子孫の後に報ゆ。

（『冥報記』上巻序）

『冥報記』は続けて、善悪の行為が必ず報いとして身に返ってくることを人々が信じないことを嘆き、外来の仏典だけではなく、儒書にも儒教的な因果応報が説かれていることを述べている。善悪応報は、宗教・思想・時代を越えた普遍の事実であるという意の『冥報記』の主張を、『日本霊異記』も継承しているといえるであろう。

市村宏氏は、『日本霊異記』第一縁について、小子栖軽の忠誠とその功績顕彰を善因善果とみて、善悪現報譚として解釈している[5]。小泉道氏は、上巻第五縁の大部屋栖野古連公《おほとものやすのこむらじぎみ》を、熱烈な仏教信者であって、聖徳太子に忠誠を尽くした侍者とし、栖軽を「ヤスノコの先導者・前座的人物として、より以上の重い役割を担わされている」とし、次のように述べている。

〝雷岡の墓標〟は、仏教渡来前における最高の善報を象徴するものとして、本書冒頭で重大な役割を果たしているといってよい[6]。

雷神捕獲伝説、狐女房伝説、雷神の申し子伝説などの、日本固有の信仰や通念を基盤として語り継がれてきた民間伝承も、『日本霊異記』説話の中に汲み上げられる時、因果応報の理によって読みかえられるのである。以下、道場法師系説話（上巻第二・三縁、中巻第四・二十七縁）の内に語られている因果応報を読み取っていきたい。

三

『日本霊異記』の第二話、上巻「狐を妻として子を生ましむる縁第二」は、欽明天皇の世が舞台である。

美濃国大乃郡の男は結婚相手を捜しに出かけた。曠野で美しい女に出会い、女は男に媚びなついた。結婚の約束をして女を家に連れ帰り、女はやがて男子を出産した。家の飼い犬にも子が生まれたが、子犬はいつも女に迫り吠えていた。女は怯えて夫に子犬を殺すように訴えたが、夫は殺さなかった。二月三月の頃、女は犬の子に追われて、恐ろしさのあまり狐の正体を現してしまった。男は女に、その後も自分のもとに通い供寝することを求め、女はその言葉に従って通い来た。

説話は、いくつかの起源伝承と歌で結ばれている。まず、「夫の語に随ひて来て寐き。故に名《なづ》けて支都禰《きつね》と為《い》ふなり」と、「きつね」の語源。男は、妻が紅の裾を引いて去る姿を見て、「こひはみなわがうへにおちぬたまかぎるはろかにみえていにしこゆゑに」と詠んだ。「故に其の相生ましむる子を、名けて岐都禰《きつね》と号ふ」という人名起源。狐の子は「狐の直」の姓を受け、力が強く足が速かった。「三乃国の狐直等の根本《もと》是れなり」と、狐の直一族の起源。

現存の文献の中で、日本における狐女房型の伝説はこの『日本霊異記』所収説話が最も古い。関敬吾氏によって、狐女房型伝説の一人女房型―始祖型に分類されている。(7)

民間の昔話や伝説において、異類との結婚は禁忌であっても、悪行として罰せられることはない。異類婚姻譚は、もとは異類（=神）と人間の神婚伝説を語るもので、異類（=神）は神の血を引く子を生み（または授けて）、人間界に残して去るという神話が原型であり、古くは氏族起源伝承として語られていたと考えられている。
では、仏教では異類婚はどのようにとらえられるであろうか。
畜生との異性関係は仏教では悪行とされている。『新日本古典文学大系30　日本霊異記』中巻第八縁脚注に指摘があるように、『優婆塞戒経』には、十悪のうちの邪婬業道として、畜生との親近を禁じる項目がある。

若しは畜生、若しは破壊、若しは属僧、若しは繫獄、若しは亡逃、若しは師婦に、若しは出家人、是の如きの人に近づくを名づけて邪婬と為す。

（『優婆塞戒経』巻第六、業品）

また、『梵網経』において、畜生の女との姦淫は重戒として戒めている。

若ち《なん》仏子、自ら婬し、人を教えて婬せしめ、乃至一切の女人を故らに婬することを得ざれ。婬の因、婬の縁、婬の法、婬の業あらん。乃至畜生の女、諸天鬼神の女、及び非道に婬を行ぜんや。

（『梵網経』巻下、第三無慈行欲重戒）

『梵網経』に説かれる梵網戒は、大乗菩薩戒として普及した戒律である。日本においても、天平勝宝六年（七五四）に鑑真が渡来して後、従来の戒律と併用されるようになり、書写、読誦や研究も盛んに行われるようになった。(8)
『日本霊異記』には『梵網経』の注釈書である『梵網経古迹記』の引用・孫引きが多用されているために、『梵網経古迹記』は景戒の所用経典であったことが指摘されている。(9)『梵網経古迹記』は新羅法相宗太賢の著で、奈良時代末ごろには、日本法相宗の善珠が『梵網経古迹記』の注解を踏襲した『梵網経略疏』を著している。景戒は、法相宗の教団内あるいはその周辺で梵網戒を学んだものと推測できる。(10)『日本霊異記』にはほかに、『梵網経古迹記』『梵網経略疏』の無慈行欲戒の注解からの孫引きと思われる箇所もあり(11)、景戒は確かに梵網戒の無慈行欲戒を理解しており、畜生の女との姦淫が破戒行であることを知っていたと思われる。

上巻第二縁の狐との婚姻は、邪婬戒や無慈行欲戒に抵触する。ほかにも、『日本霊異記』の邪婬の説話には、中巻「烏の邪婬を見て世を猒ひ善を修《おこな》ふ縁」第二、「僧を罵ると邪婬とをもちて悪しき病を得て死ぬる縁」第十一、下巻「法花経を写し奉る経師邪婬の為に現に悪しき死の報を得る縁」第十八などの悪報譚がある。(12)

上巻第二縁で、男は畜生と知らずに結婚したとはいえ、女の正体を知った後も「毎《つね》に来りて相寐《ね》よ」と邪婬を犯し続けた。また、狐の女は「此の犬を打ち殺せ」と夫に殺生を依頼している。説話の中では善悪に言及されず、これといった悪報は夫婦の身にもたらされてはいないが、実は、夫婦は悪因をひそかに植えつけていたものと思われる。

四

道場法師説話の二話目、上巻「雷の憙《むかしび》を得て子を生ましめ強き力在る縁」第三は、道場法師の一代記である。内容は四段に分けられる。

第一段、雷神の申し子の誕生。尾張国愛育知郡片蕝里に一人の農夫がいた。あるとき農夫の前に雷が落ちて、小さ子の姿になった。農夫が金杖で突き殺そうとすると雷は命乞いをし、子を授けて報恩することを約束し、天に昇って行った。やがて、農夫に子が生まれた。

第二段、雷の申し子は十歳余りになったとき、力試しのために上京して、大宮東北角の別院に住む力王と、石投げの力比べをして勝った。

第三段、元興寺の童子になり、寺の鐘撞き童子を夜毎に殺す鬼を退治した。鬼の頭髪は、今も元興寺にあるという。

第四段、雷の申し子は元興寺の優婆塞になり、寺の田に引く水をめぐって王たちと争い、寺の田を守った。その功績で得度出家を許され道場法師と名づけられた。後世に強力で名高い道場法師のことである。

この説話は、「古伝を含みながらも、最終的には誰かによって再編された伝」（黒沢幸三氏）と考えられている[13]。今野達氏は、「元興寺教団による雷神信仰の克服ないし吸収という大きな全体的な営み」があり、その一つとして、雷神にゆかりの深い道場法師を元興寺の奉仕者として説話を統一整形し、教化用説話として管理するということがあったのではないかと推測している[14]。

この説話には善行が基調にある。雷の命乞いに対する放生と雷の報恩に始まり、生まれた子供は成長して仏教に帰依し優婆塞になる。寺の鬼退治や寺田の守護という奉仕によって、得度出家を赦され、名高い法師になった。

説話は次のように結ばれる。

当《まさ》に知るべし、誠に先の世に強く能《よ》き縁を修めて感《かがふ》る所の力なり、と、是れ日本国の奇しきことなり。

道場法師の強力を、先世（過去世）の業報であると断定している。生まれついての福徳を、過去世におけるなんらかの善因によるものとするのは、仏教的な解釈である。雷神の申し子としての霊力の遺伝は問題にされていない。雷神の申し子譚・強力譚という民間伝承が、仏教の因果応報の世界観によって読みかえられているのである。

上巻第二縁の狐の子孫と、第三縁の道場法師の子孫が、中巻「力女捔《ちからくらべ》力を試みる縁」第四で出会う。

聖武天皇の世。美濃国片県小川の市に、体の大きな力女がいた。三野狐といった。第二縁の狐の子の四代目の子孫である。力は百人力だった。小川の市の内に住み、往還の商人から商品を強奪して暮らしていた。

尾張国愛知郡片輪里に、体の小さな力女がいた、道場法師の孫である、三野狐の強奪の話を聞いて小川の市に行った。三野狐は、道場法師の孫娘から船の荷の蛤を奪おうとしたが、逆に孫娘の力に打ち負かされてしまった。狐は懲らしめられて市から追われ、人々は市が平和になったことを喜んだ。

三野狐の強奪行為は、在家の五戒のうちの偸盗戒（梵網戒では第二劫盗人物重戒）にあたる。その悪業に対し、小柄な女性に打ち据えられて市を追われるという悪報を受けたのである。

夫《そ》れ力人の支《すじ》、世を継ぎて絶えず。誠に知る、先の世に大なる力の因を殖ゑ今に此の力を得たり、と。

（中巻第四縁）

「力人の支」とは、道場法師と狐の一族の血筋をさしているのであろう。上巻第二縁には狐の子どもが「強き力多《あまた》有り」だったとある。しかし、強力の原因については、第三縁と同様に、「先の世」の業因であるとする。因果応報譚としての解釈である。

道場法師の孫娘の小さな体は、雷神の血を引くしるしであろう。上巻第二縁の落ちてきた雷も小さ子の姿だった。孫娘は、正義感も道場法師から伝えられたらしく、悪人を懲らしめて人民を守るという善行を行った。

この孫娘は、中巻「力女強き力を示す縁」第二十七にも登場し活躍している。尾張国中嶋郡の大領である尾張宿禰《をはりのすくね》久玖理《くくり》という人がいた。その妻は道場法師の孫娘だった。夫にとても貞淑で、非常に美しい麻の手織りの布を織って、夫に着せていた。すると国守がその衣を取り上げてしまった。夫が「はなはだ惜し」と言ったので、孫娘は国守のところに行き、強力を見せて怖れさせ、衣を取り戻してきた。しかし、大領の父母は、息子が国守に恨まれることを怖れて嫁を実家に帰した。孫娘が実家の片輪里の草津《かやつ》川で洗濯をしているとき、商人の大きな船が通りかかり、船長が娘をからかった。娘が荷を載せたまま船を一町程引き揚げてみせると、船長は怖れをなして許しを請うた。船は五百人でも動かなかったので、人々は道場法師の孫娘の力は五百人力以上であることを知った。

国守が衣を取り上げた行為は、三野狐と同じ偸盗戒と、梵網戒第三十二横取他財軽戒（権力による横領を禁じる戒）にも該当する。

若《なん》ぢ仏子、刀杖弓箭を蓄へ、軽秤小斗を販売し、官の形勢に因りて人の財物を取り、害心を以て繋縛し、成功を破壊し、猫狸猪狗を長養することを得ざれ。（『梵網経』巻下、第三十二横取他財軽戒）

船長の罪は「悪口罵詈」で、「悪口」は十善戒のうちの四つの口の戒め、妄語（偽り）・悪口（人を悩ます言葉）・綺語（ざれごと）・両舌（かげぐち）の一つである。

道場法師の孫娘は、国守も船長も、生まれもった五百人力によって懲らしめた。彼女は、夫に貞淑で機織りの名手という美徳を備え、夫が思うがための行為の故に婚家を追われたという悲劇的ヒロインであるが、それ以上に、卑怯な悪漢たちを強力でみごとに懲らしめるという活劇的なヒロインである。

是を以ちて当に知るべし、先の世に大枚《おほき》なる餅を作りて三宝と衆の僧とを供養し、此の強き力を得たり、と。

（『日本霊異記』中巻第二十七縁）

この説話でも、上巻第二縁と中巻第四縁と同じように、強力の原因を「先の世」の善因としている。孫娘の強力を善報と考えているということであろう。

中巻の道場法師系説話の舞台は、尾張国と美濃国である。黒沢幸三氏は、上巻第二縁の美濃国の狐の説話とともに「ローカルな在地性豊かな話」である三つの説話は、本来道場法師説話とは無関係であったが、民間遊行僧らによって中央にもたらされ、飛鳥の元興寺に属し民衆教化に当たっていた者たちによって結びつけられたのであろうと推測している。(15)

道場法師系説話の善行悪行を整理してみる。

○狐女房譚の畜生との婚姻は邪婬という悪行であり、四代を経た三野狐は強奪という悪行を繰り返していた。
○道場法師は寺を守るという善行を行い、道場法師の孫娘は、悪漢たちをこらしめ、民を守った。

狐一族が悪の系譜を、道場法師一族が善の系譜を形成している。上巻第二縁の異類婚について、『日本霊異記』は善悪を問うていないが、邪婬の悪因はひそかに植えられ潜伏して狐一族に伝えられて、中巻第四縁で三野狐の悪報譚として決着をつけられたようである。

道場法師系説話は、黒沢氏が述べるように、元来それぞれ無関係ないくつかの民間説話が、布教者によって仏教の世界に吸収され、一連の説話として構成されたのであろう。その際に、仏教的な悪の要素はほかの悪と、善は善に連鎖し、登場人物同士が互いに先祖子孫として結びつけられ、道場法師系説話が成立したのであろうと思われる。

五

上巻の道場法師の植えた善因と狐女房の悪因は、子孫たちに受け継がれ、中巻第四縁で対決して道場法師の孫娘が勝利した。善の系譜と悪の系譜の対決は、道場法師系説話の見せ場であろう。

しかし、仏教説話としてあらためて考えてみると、いかがであろうか。仏教において「因果」は子孫代々ではなく、輪廻転生において受け継がれるものである。過去世・現世・未来世の三世にわたって連鎖するものである。善因や悪因が親から子、孫へ伝えられるというのは、仏教に説く因果応報ではない。前掲の『冥報記』上巻序にいう「儒書」の「善悪の報」である。

臨、窃に謂へらく、儒書に善悪の報を論ずること甚だ多し。近きは当時に報ゆ。中は累年の外に報ゆ。遠きは子孫の後に報ゆ。（『冥報記』上巻序）

仏教の現報・生報・後報に対応して、「儒書」の「善悪の報」では当時・累年・子孫と分類されている。『冥報記』上巻序にはこの後に「儒書」の「善悪の報」の例が挙げられ、「子孫の報い」の例として弗父何、鄧訓、陳平などの故事が列挙されている。

中国的な因果応報思想の例としてしばしば挙げられるのが、『易経』の「積善の家には必ず余慶あり」の一節である。

積善の家には必ず余慶あり。積不善の家には必ず余殃あり。臣にしてその君を弑し、子にしてその父を弑するは、一朝一夕の故にあらず。その由って来るところの漸なり。これを弁じて早く弁ぜざるに由るなり。易に曰く、霜を履んで堅氷至ると。蓋し順なるを言へるなり。（『易経』上経、坤）

善悪の行為は、時を経て積り、必ず善悪に応じた結果を生むという応報観である。時間の経過を、先祖子孫代々という「家」の単位で考えるのが、中国の伝統的な応報観だった。輪廻転生思想は、仏教以前から存在するインドの社会通念であったが、中国人には前世や来世の存在は理解しがたかったため、輪廻を前提とする因果応報観の浸透は困難であったという。教化のためには、まず、仏教の因果応報を、中国的な応報観と並べて論じる必要があった。中国仏教の護法者たちは、仏教の因果応報の明証として家族間の応報についての格言や故事を引いたうえで、仏教の応報観を説きすすめるようにしていたようである。

『冥報記』は「儒書」の例を挙げ、「子孫」への善悪応報から「未来世」への仏教的応報に論を展開している。この応報観が実は異なるものだということには触れずに、両者を包括して善悪の応報の実在のみを論じている。

仏教の因果観と、中国の「家」尊重の儒教的論理観との融合が、因果応報観の東アジア的な変容であるといわれている。(16) 輪廻思想がなかった日本においても、中国と同様の問題があった。日本人にとって「過去世」「未来世」は抽象的に感じられ、「先祖・子孫の世」の方が、想像力を具体的にはたらかせることができた。無意識に、仏教の三世思想を先祖子孫代々に置き換えて考える場合も多かったのではないか。たとえば、「親の因果が子に報ゆ」という常套句は近世からいわれるようになったが、一般的に異和感は感じられずに用いられてきたように思う。

道場法師系説話において「強力」は、子孫代々に伝えられていった。

夫《そ》れ力人の支《すじ》、世を継ぎて絶えず。（中巻第四縁）

しかし強力を得た理由は、過去世に殖えた因だった。道場法師と孫娘が登場する三つの説話は、皆同様の解説を付す。

当《まさ》に知るべし、誠に先の世に強く能《よ》き縁を修めて感《かがふ》る所の力なり、と、是れ日本国の奇しきことなり。（上巻第三縁）

誠に知る、先の世に大なる力の因を殖ゑ今に此の力を得たり、と。（中巻第四縁）

是を以ちて当に知るべし、先の世に大枚なる餅を作りて三宝と衆の僧とを供養し、此の強き力を得たり、と。（中巻第二十七縁）

これらの説話の中で、登場人物たちの「先の世」について何も語っていないが、結びで「先の世」の因という仏教的な因果応報を持ちだしている。景戒が、説話に仏教的解釈を意図的に付加したものであろうと指摘されている。(17)

固有信仰と仏教的因果の思想を積極的に融合せしめようとした企図を想定すべきであり、その痕跡が認められるということではないだろうか。

（山根対助「道場法師系説話の市―日本霊異記の序に沿って―」(18)）

奇しき話を因果によって結んでいるが、これは景戒の作為である。

（白土わか「日本霊異記にあらわれた因果応報思想」(19)）

説話の結びの「先の世」への唐突ともいえる言及は、道場法師系説話を『日本霊異記』に収録する際に、血筋における善悪応報の説話群をいったん解体し、あらためて仏教の因果応報説話として意味付けしようとする景戒の意図であろう。そのために『日本霊異記』では、これらが一連の説話であることは、注に力女等が狐と道場法師の子孫であることを記すにとどめ、独立した四つの説話として、『日本霊異記』に収録したのではないだろうか。

六

元来、道場法師系説話のもとになった説話は、黒沢氏らが述べるように、飛鳥や美濃尾張地方の民間説話であったであろう。やがて、いくつかの強力にまつわる説話が、布教僧などによって、仏教説話として善の系譜と悪の系譜に整理統括され、一連の説話として組織形成されたものと思われる。善悪の業が子孫に伝えられていくという、東アジア的な善悪応報観がうかがわれる。

そうした一連の説話を、強力を「先世の因」として表面的に仏教的因果応報譚に読み替えたのが、『日本霊異記』所収の道場法師系説話であろう。『日本霊異記』道場法師系説話に、日本における因果応報思想受容の様相の一端をみることができる。

注

(1) 以下、『日本霊異記』原文と読み下し文は、『新日本古典文学大系30　日本霊異記』(出雲路修校注、岩波書店、一九九六年)による。

(2) 出雲路修氏によると、上巻第一~三縁は、仏教的色彩を示さないものも含む「日本国の奇《アヤ》しき事」を描く〈枝説話〉で、編年体説話集への改編の際に付加されたものであるという。(『説話集の世界』岩波書店、一九八八年)参照。

(3) 出雲路修「日本霊異記」(『岩波講座　日本文学と仏教』第二巻「因果」第二部第一章)参照。

(4) 増尾伸一郎氏は、景戒の東アジア文化圏における儒仏道の三教交渉の成果の摂取について論述している。(「深智の儔は内外を観る―『日本霊異記』と古代東アジア圏」、『古代文学』第三十八号、一九九九年三月、「今の時の深く智れる人―景戒の三教観をめぐって―」、小峯和明篠川賢編『日本霊異記を読む』所収、吉川弘文館、二〇〇四年)。

(5) 市村宏「霊異記第一話考」(『上代文学研究会会報』第十六号、一九六六年十一月)。

(6) 小泉道「雷岡の墓標―『日本霊異記』冒頭説話をめぐって―」(『国語国文』第四十三巻第六号、一九七四年六月)参照。

(7) 関敬吾『昔話の歴史』(至文堂、一九六六年)第二章参照。

(8) 家永三郎『上代仏教思想史研究新訂版』(法蔵館、一九六六年)、石田瑞麿『鑑真―その戒律思想』(大蔵出版、一九七四年)参照。

(9) 露木悟義氏は、「景戒の所用経典は大きくしぼられて、涅槃経・法華経を含めたほんのわずかな経典と、古迹記などの注釈経典に限られることにな」るとする(「霊異記引用経典の考察」、『古代文学』第六号、一九六六年十二月)。

(10) 本書第一部第五章参照。

(11) 「愚人所貪、如蛾投火」(『日本霊異記』下巻第十八縁)と同文が、『梵網経古迹記』(巻下本、第三無慈行欲重戒)及び

『梵網経略疏』（巻下本、第三重戒、無慈行欲戒）にみられる。「律云、弱背自婬面門」（下巻第十八縁）の類文を無慈行欲戒の注解部分に引用する『梵網経』注釈書もある。本書第一部第五章参照。

(12)『日本霊異記』の邪婬について、本書第一部第二章・第三章参照。

(13)黒沢幸三「霊異記の道場法師系説話について」（『日本古代の伝承文学の研究』第三章、塙書房、一九七六年）参照。また、河野貴美子氏は、道場法師系説話における漢籍の影響について論述している（『日本霊異記と中国の伝承』勉誠社、一九九六年）。

(14)今野達「元興寺の大槻と道場法師」（『専修国文』第二号、一九六七年九月）参照。

(15)注（13）黒沢幸三論文参照。

(16)中村元「因果」（仏教思想研究会編『仏教思想3 因果』第一章、平楽寺書店、一九七八年）、藤堂恭俊「中国浄土教における因果に関する諸問題」（同、第十一章）、末木文美士「因果応報」（『岩波講座 日本文学と仏教』第二巻「因果」第一部）参照。

(17)守屋俊彦氏は、中巻第四・二十七縁の「先世」とは実際には「先代（雷）」を前提としての言葉で、景戒の「すり替え」であると解釈している。「血の問題である。それを因果応報という仏教的なものにすり替えていることになる。ともかく、ここでは景戒は、孫の代のことをもちだすことによって、因果応報の理のあることを一層強く訴えようとしているのであろう」（『日本霊異記の研究』第一章、三弥井書店、一九七四年）。

(18)『国語国文研究』第十八・十九号（一九六一年三月）所収。

(19)『仏教思想3 因果』第十二章（平楽寺書店、一九七八年）所収。

第二章　烏の邪婬と極楽往生　―『日本霊異記』中巻第二縁―

一

『日本霊異記』中巻第二縁は、烏の邪婬を見た男が、世を厭い、出家したという説話である。

禅師信厳は、和泉国泉郡の大領血沼県主《ちぬのあがたぬし》倭麻呂《やまとまろ》なり。聖武天皇の御世の人なり。此の大領の家の門《かど》に大《おほき》なる樹有り。烏巣を作りて児を産み、抱きて臥す。雄烏遐《とほ》く邇《ちか》く飛び行《ある》きて食《くひもの》を求《あさ》り、児を抱く妻に養《か》ふ。食を求りて行く頃《ころほひ》に、他烏《あたしからす》遰《たがひ》に来りて婚《くなか》ふ。今の夫に奸婚《かたみくなか》ひ、心就きて共に高く空に翥《はふ》り、北を指して飛びて児を棄てて睠《かえりみ》ず。時に先の夫烏、食物を哺み持ち来りて妻烏無きことを見る。時に児を慈び、抱きて臥し、食物を求らずして数の日を経。大領見て、人をして樹に登りて其の巣を見しむれば、児を抱きて死にてあり。大領見て、大に悲愍《かなし》しぶる心あり、烏の邪婬を視て世を猒ひ出家し、妻子を離れ官位を捨て、行基大徳に随ひて善を修ひ道を求め、名けて信厳と曰ふ。ただし要《ちぎ》り語りて曰さく「大徳と倶に死に、かならず同じく西方に往生すべし」とまうす。　―①

大領の妻もまた血沼県主なり、大領捨てて後は、終に他心無く心慎みて貞《さだ》しく潔《きよ》し。爰に男子病を得、命終る時に臨みて母に白して言さく「母の乳を飲まば、我が命延ぶべし」とまうす。母子の言に随ひて乳を病子に飲ましむ。子乳を飲みて歎きて言さく「噫《あ》乎、母の甜《あま》き乳を捨てて我れ死なむかな」とまうして、すなはち命終る。然うして大領の妻死にし子に恋ひて同共《おな》じく出家し、善き法を修習《おこな》ふ。　―②

信厳禅師は、幸無く縁少く、行基大徳より先に命終る。大徳哭き詠《しの》ひて歌を作りて曰はく「烏といふ大をそ烏のことをのみ共にといひて先だち去ぬる（1）」とのたまふ。　―③

夫れ火を炬さむとする時はまづ蘭しき松を儲け、雨降らむとする時は兼ねて石板潤ふ。烏の鄙《とひと》なる事を示て領道の心を発す。まづ善き方便をもちて苦を見《あらは》し道を悟らしむといふは、其れ斯れを謂ふなり、欲界の雑の類は、鄙なる行是くの如し。猒ふ者は背き、愚なる者は貪る。賛に曰はく、「可《よ》きかな、血沼県主氏、烏の邪婬を瞰て俗塵を猒ひ、浮花の仮なることを背きて常浄に趣く。身は修善を勧めて恵命を祈ひ、心は安養を剋《ちぎ》りて解脱を期す。是れ世間の異《こと》秀に土《くに》を猒ふ者なり」といふ。　―④

（中巻「烏の邪婬を見て世を猒ひ善を修《おこな》ふ縁」第二）

この説話は、四つの段落に分けることができる。

①　信厳が烏の邪婬を見て出家する。
②　信厳の妻が子の死に会い、出家する。
③　信厳が行基に先だって死に、行基が歌を読む。
④　標語と賛。

①・②・③はそれぞれが独立して完結した説話としても読むことができる。②の信厳の妻について、①・③では全

く触れていないため、信厳と行基の説話の合間に、後から挿入されたような印象を受ける。松浦貞俊氏は、①について、

> 此の一条は、前半に於て、民譚《フォルク・ロア》らしい風格を持て居る。倭麻呂の無常の感じ方が、あまりに素樸で、其妻の出家の動機の自然さと比べて読むと、一連《ひとつづき》の物語ではない様にさへ見える。
>
> （『日本国現報善悪霊異記註釈』大東文化大学東洋研究所、一九七三年）

と述べている。

二

『日本霊異記』中巻第二縁は、烏が邪婬を犯したという挿話から始まる。

第一章でも挙げた「邪婬」は、「欲邪行」ともいわれ、夫・父母や法律などに守護されている婦女、または不適切な場所や日時などに婬行をはたらくことをいう。五悪（殺生・偸盗・邪婬・妄語・飲酒）や十悪（殺生・偸盗・邪婬・妄語・綺語・悪口・両舌・貪欲・瞋恚・愚癡）に数えられる悪行である。五悪を抑止する五戒は、八斎戒とともに在家信者の守るべき戒とされ、大乗・小乗を通じて仏教の基本倫理とされている。

> 邪婬とは、若し女人の父母・兄弟・姉妹・夫主・児子・世間の法・王法に守護せらるるを、若し犯せば是を邪

婬と名づく。（『大智度論』巻第十三）

『日本霊異記』では「邪婬」を、悪報を免れ得ない罪業とみなしている。『日本霊異記』下巻「法花経を写し奉る経師の、邪婬を為して、以て現に悪死の報を得し縁」第十八では、婬行をはたらいた経師が相手の女性と共に頓死するという悪報を受ける。評語に「愛欲の日は身心を焦くと雖も、婬《たは》れの心に由りて、穢き行を為さざれ」という。小乗戒には出家者の戒として、沙弥・沙弥尼の十戒、式叉摩那の六法戒、比丘・比丘尼の具足戒がある。小乗戒の代表的な律典『四分律』によれば、具足戒には比丘の二百五十戒と比丘尼の三百四十八戒がある。十戒と具足戒には淫欲を制する「不婬戒」があり、比丘戒では最も重い罪である四波羅夷（比丘尼戒では八波羅夷）の第一に挙げられている。

出家者の「不婬戒」は、在家信者のための「不邪婬戒」とは違い、男女の一切の性的関係、すなわち結婚も禁じている。しかし、『日本霊異記』では、僧や沙弥の妻帯に関しては、寛容な姿勢を示している。編者景戒は「俗家に居て、妻子を蓄へ」（下巻第三十八縁）ていた。また下巻第四縁で「大僧」と賞賛される僧や、下巻第三十縁の老僧観規も半僧半俗の妻帯者だった。

諾楽の京に一の大僧有り。名詳ならず。僧常に方広経典を誦み、俗に即きて銭を貸して妻子を蓄養《やしな》ふ。

（下巻「沙門方広大乗を誦持《よみたも》ちて海に沈み溺れざる縁」第四）

老僧観規は、俗姓を三間名干岐といひき。紀伊国名草郡の人なりき。自性天然彫巧を宗とす。有智の得業にして、並に衆の才を統べたり。俗に著きて営農《たつくり》をし、妻子を蓄養《たくはへやしな》ふ。

（下巻「沙門功を積み仏像を作り命終る時に臨みて異しき表を示す縁」第三十）

これは、『日本霊異記』が、小乗戒よりも、大乗菩薩戒を重んじていたためと思われる。

小乗戒は防非止悪を目的としているが、大乗仏教では行善・利他行の面を強調した戒律を説く。大乗菩薩戒の代表的なものには、『瑜伽師地論』の瑜伽戒、『梵網経』の梵網戒がある。菩薩戒受持の修行者は、出家・在家を問わずすべて菩薩僧と称される。

瑜伽戒は三聚浄戒ともいわれ、摂律儀戒・摂善法戒・摂衆生戒の三種の戒からなる。摂律儀戒は小乗戒を継承する戒で、一切の悪を断ずる止悪戒とされる。摂善法戒は身・語・意の善を修する行善戒で、摂衆生戒は衆生に利益を施す利他行としての戒である。小乗戒を取り入れ、かつ菩薩の在り方を提示する通仏教的な戒律である。

梵網戒は大乗仏教独自の戒律で、沙弥・比丘などの階位が設けられていない。十重禁四十八軽戒があり、第三重戒である無慈行欲戒が、小乗戒の婬戒・邪婬戒に相当する。

若ぢ仏子、自ら婬し、人を教へて婬せしめ、乃至一切の女人を故らに婬することを得ざれ。婬の因、婬の縁、婬の法、婬の業あらん。乃至畜生の女、諸天鬼神の女、及び非道に婬を行ぜんや。而も菩薩は応に孝順心を生じ、一切衆生を救度して浄法を人に与ふべし。而るを反って更に一切人の婬を起さしめ、畜生、乃至母女、姉妹六親を択ばず、婬を行じて慈悲心無きは是れ菩薩の波羅夷罪なり。

（『梵網経』巻下、第三無慈行欲重戒）

無慈行欲戒は傍線部のように「慈悲心無き」婬行を制する戒で、『梵網経』注疏では次のように注解されている。

第三に婬戒は、非梵行に名づく、鄙陋の事なり。故に非浄行と言ふ也。七衆同じく犯し、大小倶に制す。而るに制に多小あり。五衆は邪正倶に制し、二衆は但だ邪婬を制す。（智顗『菩薩戒義疏』巻下）

亦此経の中には在家出家の菩薩を問ふこと莫く倶に婬欲を絶つ。是の故に文の中に邪正を簡ばず、一切皆断つ。問ふ、若し爾らば何が故ぞ在家の菩薩に妻子あるや。答ふ、在家に二類あり。若し初心の人に約せば、即ち未だ戒を受けざる前に先づ妻子あり。若し得位已去に約せば、衆生を化せんがために妻子あることを現ず。

（法蔵『梵網経菩薩戒本疏』巻第三）

景戒は自度の沙弥であり、『日本霊異記』に最も多く登場して菩薩と礼賛されている行基もまた具足戒を受けていない沙弥だった。ほかにも『日本霊異記』説話では、優婆塞・優婆夷や半僧半俗の沙弥たちが多く登場し活躍している。僧俗の別や階位を問わない大乗菩薩戒重視の姿勢が見てとれ、『日本霊異記』において僧の妻帯、すなわち小乗戒の「不婬戒」（十戒・具足戒）の侵犯に対して寛容である理由が見出されよう。

下巻第三十縁の老僧観規の説話では、最後に実は彼が聖人の化身であったことが明かされる。観規の世俗生活は、前掲『梵網経菩薩戒本疏』傍線部、「衆生を化せんが為に妻子あることを現ず」（巻第三）とされる場合に該当している。

賛に曰はく、「嗟呼《あ》慶《よろこぼ》しきかな。三間名干岐の氏の大徳、内に聖の心を密《かく》し、外に凡の形を現す。俗に著き色に触れたれども、戒の珠を染めず。没《し》に臨みて西に向ひ、神を走せて異を示す」といふ。誠に知る、是れ聖にして凡にはあらざることを。

邪婬説話下巻第十八縁の戒め「愚人の貪る所は、蛾の火に投《い》るが如し」は、『梵網経古迹記』または『梵網経略疏』の無慈行欲罪からの引用と考えられる。(2)『日本霊異記』邪婬説話には、梵網戒の解釈の影響があったとうかがわれる。中巻第二縁の烏の邪婬を「烏の鄙なる事」とする表現は、「鄙陋の事なり」（前掲『菩薩戒義疏』傍線部）の文句に重なる。『日本霊異記』では、「邪婬」に関して、梵網戒の無慈行欲罪をふまえて、「婬を行じて慈悲心無き」（前掲『梵網経』傍線部）点を強く戒めているものと思われる。

中巻第二縁では、雌烏に去られた雄烏が子を抱いたまま飢え死ぬ。雌烏の邪婬はまさに慈悲なき行為だった。信厳はその有様を見て「大きに悲しみ、心に愍《あはれ》」んで出家した、「悲」は「慈悲」の「悲」で、「悲愍」は「他の苦しみを悲しみ哀れむ」意の仏典語である。信厳の出家譚（①）には、「邪婬」の悪業を通して「慈悲」という大乗菩薩思想の理念が語られているのである。

三

『日本霊異記』にはほかに、邪婬にまつわる説話に、中巻「僧を罵《の》ると邪婬とをもちて悪しき病を得て死ぬる縁」第十一、下巻「女人濫《みだりがは》しく嫁ぎて子をして乳に飢ゑしめて故に現報を得る縁」第十六などがある。

中巻第十一縁は、紀伊国伊刀郡に住む文忌寸《ふみのいみき》という悪人の説話である。伊刀郡桑原の狭屋寺《さやでら》では、ある時、薬師寺の題恵禅師を招いて、十一面観音の悔過の法要を行った。文忌寸《ふみのいみき》の妻は一昼夜の間八斎戒を受けた後で、法要に詣でた。忌寸は、帰宅した時に妻が寺の悔過に出掛けて不在だと聞くと怒り出し、寺に乗り込んで妻を呼びたてた。導師が教義を説いても耳を貸さずに僧を罵り、妻を家に連れ戻して犯した。すると蟻が忌寸の陽根に噛みつき、忌寸は傷の痛みのために死んでしまった。

『日本古典文学大系』中巻第十一縁の注には「受戒中の妻に、『不邪婬戒』を破らせたこと」とある。『新編日本古典文学全集』は「妻であっても、悔過の法事の期間中は、斎戒沐浴して清浄な生活をしていなくてはならない。その禁戒を破ったので、妻を犯したといったのであろう」としている。

在家信者が斎日に守るべき八斎戒には「婬戒」があり、斎日には僧尼と同じように禁欲生活を過ごさなければならない。だが斎戒中だったのは妻であり、文忌寸ではない。文忌寸が妻に戒を破らせたことを、説話で「邪婬」と言っているのであろうか。

「邪婬」は本来、他人の妻と通じることをさすが、『瑜伽師地論』には、自分の妻であっても邪婬になる場合があると説かれている。

> 即ち此の事に於て非理の欲心をもて邪行を行ずとは、謂く非道と非処と非時とに自の妻妾の所に於て而も罪失と為るなり。
> （『瑜伽師地論』巻第八）

「非道と非処と非時」のうち「非時」について、

> 若は穢下る時、胎円満せる時、児に乳を飲ましむる時、斎戒を受くる時、或は病ある時、謂はく所有る病の習欲に宜しきに非ざるとき、是を非時と名づく。
> （同、巻第五十九）

とある。傍線部の「斎戒を受くる時」は「非時」である。次に掲げる『大智度論』には邪婬についてさらに詳しく説かれている。

邪婬とは、若し女人の父母・兄弟・姉妹・夫主・児子・世間の法・王法に守護せらるるを、若し犯せば是を邪婬と名づく。若し守護せずと雖も、法を以て守と為す有り。何をか法守と云ふ。一切の出家の女人と、在家にして一日戒を受くると、是を法守と名づく。若しくは力を以てし、若しくは財を以てし、若しくは誑き誘ひ、若しくは自ら妻有るも（或は）戒を受け、（或は）娠有り、（或は）児に乳するを（或はその）非道を、是の如きを犯すものは、名けて邪婬と為す。（中略）
問うて曰く、人守（を犯せば）人瞋り、法守（を犯せば）法を破る。応に邪婬と名づくべし。人自ら妻あるは、何を以て邪と為すや。
答へて曰く、既に一日戒を聴受して、法の中に堕つれば、本は是れ婦なりと雖も、今は自在ならず、受戒の時過ぎれば即ち法守に非ず。娠有る婦人は、其身重きを以て、本と習ふ所を厭ひ、亦娠を傷むと為す。児に乳をする時其母を婬すれば、乳則ち竭く。又心婬欲に著して復た児を護らざるを以てなり。非道の処は則ち女根に非ず、女は心に楽はざるに強ひて非理を以てするが故に邪婬と名づく、是の事を作さざるを名づけて不邪婬と為す。

（『大智度論』巻第十三）

たとえ自分の妻であっても、一日戒を受けている間は、出家の女性と同じく仏法の守護するところであるので、夫の自在にはならないのである。文忌寸の行為はまさしく「邪婬」であった。『新日本古典文学大系』が「妻が八斎戒を受持している期間中に、交わったことをいう」とする通りである。

下巻「女人　濫《みだりがは》しく嫁ぎて子をして乳に飢ゑしめて故に現報を得る縁」第十六には、多婬な母親が登場する。越前国加賀郡の横江臣成召女《よこのえのおみなりとじめ》は誰とでも情を交わす癖があったが、若いうちに死んでしまった。その後年月を経て、加賀郡畝田の村に住んでいた寂林法師は夢を見た。寂林が大和の斑鳩の道を通り、東に向かっていくと、草の中に太った女がうずくまっていた。竃ほどに腫れた両方の乳房からは膿が流れ、呻き苦しんでいた。訊ねてみると、

我は、越前国加賀郡大野郷畝田村に有る横江臣成人《よこえのおみなりひと》が母なり。我、齢丁《よはひさかり》なりし時に濫しく嫁ぎて邪婬し、幼稚《をさな》き子を棄てて壮《をとこ》と倶に寐て多の日を逕て子をして乳に飢ゑしめき。ただし子の中に成人はなはだ飢ゑき。先《さきのよ》に幼き子をして乳に飢ゑしめし罪に由るが故に今乳脹る病の報を受く。

と言う。寂林は夢から覚めて不思議に思い、横江臣成人を訪ねた。成人は幼い時に母と死に別れたため、母のことを知らなかったが、成人の姉は、自分たちの母は確かに寂林の夢の通りだったと言った。成人は、「我思ひ怨みず。何すれぞ慈母君、是の苦しびの罪を受くる」と、仏像を作り経を写して、母の罪を償った。法事の後、寂林法師の夢にまた女が現れ、「今、我が罪免れたり」と言った。

前掲『瑜伽師地論』巻第五十八は、「児に乳を飲ましむる時」（二重傍線部）もまた邪婬の「非時」としている。前掲『大智度論』巻第十三には、「児に乳をする時其母を婬すれば、乳則ち竭く。又心婬欲に著して復た児を護らざるを以てなり」（二重傍線部）とある。経典は男性を主体に説かれているが、『日本霊異記』では、「心婬欲に著して復た児を護ら」なくなるために、女性側にとってもまた罪となり悪報を受けると解していたものと思われる。

中巻第二縁にもどると、雌烏が邪婬のために卵を見捨てたことも、「心婬欲に著して復た児を護ら」（前掲『大智度論』巻第十三、二重傍線部）なくなったためと理解できる。邪婬の雌烏とは対照的に、中巻第二縁の②の信厳の妻は、夫の出家後「終に他心无く、心慎みて貞《さだ》しく潔《きよ》」かった。息子があったが病気になり、臨終の時「母の乳を飲まば、我が命延ぶべし」と言った。乳を飲ませたが、息子は「噫乎《あ》、母の甜《あま》き乳を捨てて我れ死なむかな」と言って息を引き取った。信厳の妻は死んだ子を恋い慕って、夫と同じように出家した。邪婬を犯し、子を捨てた雌烏とは逆に、貞淑で母性に満ちた女性として描かれている。

『日本霊異記』に語られる母親の多くは、子どもへの慈愛に溢れた存在である。下巻第十一縁の盲目の母親は、貧窮の末に餓死しそうになり、薬師仏に願った。

「我が命を惜《をし》むにあらず。我が子の命を惜む。一は是れ二人の命なり。願はくは我に眼を賜へ。」

（下巻「二つの目盲ひたる女人の薬師仏の木の像を帰敬ひて現に眼を明くること得る縁」第十一）

中巻第三縁の、防人に召されて妻と離れ去った男は妻への愛執の余り、付き添ってきた母を殺し、故郷に帰ろうと企んだ。まさに母の首を切ろうとした時、大地が裂けて息子は落ち込んだ。母は子の髪をつかんで、天を仰いで子の罪を許すように懇願した。（中巻「悪逆なる子妻を愛《うつく》び母を殺さむことを謀りて現報に悪しき死を被る縁」第三）

母を殺すことは十悪と同等、またはそれ以上の重罪である五逆に相当する。五逆には数種の説があるが、代表的なものは、母を殺すこと、父を殺すこと、聖者を殺すこと、仏の体を害して出血させること、教団の和合一致を破り分裂させることである。五逆罪を犯した者と大乗を誹謗した者は、八大地獄の第八、無間地獄に堕ちるという。

仏教では、孝行は「報恩」としてとらえられる。儒教の倫理とは異なり、仏教では人間社会の上下関係を重視しない。仏教的な「孝」は、親の慈愛への感謝による報恩である。経典には親の恩が広大であることが説かれたうえで、親への孝養の重要さが強調されている。梵網戒の中にも、孝行を勧める条文がしばしばみられる。

八福田の中に看病福田はこれ第一の福田なり。若し父母、師僧、弟子の疾病、諸根不具、百種の病、苦悩あらば皆供養して差《い》えしむべし。　（第九不瞻病苦軽戒）

若仏子、悪心を以ての故に、事無きに他の良人、善人・法師・師僧・国王貴人を謗じて七逆十重を犯せりと言はんや。父母・兄弟・六親の中に於ては応に孝順心・慈悲心を生ずべし。　（第十三無根謗毀軽戒）

若し父母兄弟死亡の日は、法師を請じて菩薩戒経律を講ぜしめ、福を以て亡者を資け、諸仏を見たてまつり、人天上に生ずることを得しむべし。　（第二十不救存亡軽戒）

若仏子、常に応に一切の願を発して父母・師僧・三法に孝順し、好師と、同学の善知識との、常に我に大乗の経律と、十発趣・十長養・十金剛・十地とを教へ我をして開解せしめ、法の如く修行し、堅く仏戒を持ち、寧ろ身命を捨つるとも念々に心を去《す》てざらしむることを得んと願ふべし。　（第三十五不発願軽戒）

『日本霊異記』の親不孝な人物として、上巻第二十三縁の大和国添上郡の瞻保《みやす》という男は、母に稲の代価を責め立て、辱めた。瞻保の母は乳房を出して泣き悲しんだ。

吾が汝を育《やしな》ふこと、日夜に憩ふこと無し。他の子の恩を報ゆるを観て、吾が児の斯くの如くせむことを恃《たの》めども、反りて迫め辱められ、願ふ心に違謬《たが》ふ。汝また負へる稲を徴《はた》る。吾また乳の値を徴らむ。母子の道今日に絶ゆ。天知る。地知る。悲しきかな。痛きかな。

（上巻「凶人の嬭房の母を敬養せず以て現に悪しき死を得る縁」第二十三）

「百石讃嘆」に

百石に　八十石添へて　たまへてし　乳房の報い　今日せずは　いつかわがせん　年はをつ　さよはへにつつ

（『三宝絵』下、四月灌仏）

と歌われるように、(3) 乳房は母の恩を象徴するものである。中巻第二縁では、信厳の妻が死にゆく子に乳を含ませた。下巻第十六縁の母親は、逆に、子を捨てた報いとして乳房が腫れ痛む苦を受けた。

誠に知る、母の両つの甘き乳、寔《まこと》に恩は深しといへども、惜みて哺育《はぐく》まざれば、返りて殃罪《つみ》と成ることを。あに飲ましめざらむや。

（『日本霊異記』下巻第十六縁）

『霊異記』における愛情深い母たちの中での例外が、中巻第二縁の雌烏と下巻第十六縁の横江臣成人の母親である。ともに「邪婬」を犯していたことに注目される。つまり、「邪婬」は、母の無上の慈愛をも捨て去らせる悪業だとい

うことになろう。『日本霊異記』では、母の子に対する養育義務の放棄を、

心婬欲に著して復た児護らざる。（前掲『大智度論』巻第十三、二重傍線部）

という教説に従って、「邪婬」の範疇に含まれる罪悪ととらえていたものと思われる。

中巻第二縁の信厳の妻は、夫の出家後、「終に他心無く、心慎みて貞しく潔し」だったという。このように『日本霊異記』では、

善きかな貞しき婦。遠を追ひて恩を報い、秋に迄《いた》りて会を設け、誠に其の敦《みのり》を知る。（上巻第三十三縁）

道の心純熟《もはらな》りて、初婬を犯さず。（中巻第八縁）

などと、貞潔な女性を繰り返し讃えている。

「邪婬」が母性喪失をともなう悪業であることを裏返すと、「不邪婬」の中には、慈愛と貞淑という女性の美徳が内包されていることになる。『日本霊異記』において不邪婬戒は、女性信者としての倫理を集約する戒律だったのではないだろうか。

中巻第二縁の雌烏と信厳の妻には、「邪婬」の裏と表が投影されている。貞潔で慈愛に満ちた信厳の妻は、『日本霊異記』における理想的な女性像であった。

中巻第二縁の①烏の邪婬と②信厳の妻の挿話は、「一連の物語ではないようにさへ見える（松浦『註釈』）といわれ

るが、実は、「邪婬」をめぐる悪（①）と善（②）の物語として緊密に連携しているものと思う。

四

烏といふ大をそ鳥のことをのみ共にといひて先だち去ぬる
（『日本霊異記』中巻第二縁）
（烏というたいそう軽率な鳥が、ことばだけでは「いっしょに」と言って自分だけ先に行ってしまったことよ）

中巻第二縁③の、行基が詠んだという歌である。①の「要《ちぎ》り語りて曰さく「大徳と倶に死に、かならず同じく西方に往生すべし」とまうす」という信厳と行基の西方極楽往生を誓った言葉をふまえている。「大をそ鳥」の「をそ」とは軽率という意味で、烏を罵って「大あわてものの鳥」と詠んでいる。(4)『萬葉集』の相聞歌に類歌がある。

烏とふ大をそ鳥のまさでにも来まさぬ君を許呂久《ころく》とそなく
（『萬葉集』巻第十四、三五二一）

「許呂久《ころく》」は烏の鳴き声の擬声語で、「子ろ来」あるいは「自来《ころ》」と聞きなしている。(5)

松浦貞俊氏は、『霊異記』中巻第二縁の歌を、『萬葉集』巻第十四の歌の改作とみて、次のように述べている。

此歌の第一、二句は前記の如く「万葉」の短歌に基くことは明かであるが、仮托の改作だといふ印象は否めない。「上巻」第四条に載せたる聖徳太子の御歌の場合と等しく、歌その物は別に優れたものでは無いが、其歌の背景をなす伝説説話と共に、ひとつのものとして見る時に、初めて特殊な意味を味ふことが出来る様に思ふ。換言すれば、「歌物語」的な興味を持って味ふべきものであると云へやう。若し、斯様な見方が妥当なものであるならば、平安朝に入って栄えた歌物語の先駆としては、「万葉集」「古今集」等の歌の後書きの他に、右の場合なども加へて宜しからう。

（『日本国現報善悪霊異記註釈』）

また、宮岡薫氏も、万葉歌の改作とみて、

歌を説話化する場合、説話の世界と歌の現実性を矛盾なく統一することが要求され、そのために歌詞の合理化がなされたのである。

（『古代歌謡の構造』新典社、一九八七年）

と述べている。

『萬葉集』には、『霊異記』所収歌の第四句に類する歌がある。

朝な朝な草の上白く置く露の消なば共にと言ひし君はも

（巻第十二、三〇四一）

「寄物陳思」の歌で、浄土思想とは関連がなく、「共に（死のう）」と言っていたのに先に逝ってしまった恋人を偲ぶ歌である。巻第三には「共に（生きよう）」と誓い合ったのに先立ってしまった妻を悲しむ挽歌がある。

白たへの　袖さし交へて　なびき寝し　我が黒髪の　ま白髪に　成りなむ極み　新代《あらたよ》に　共にあらむと　玉の緒の　絶えじい妹と　結びてし　ことは果たさず　思へりし　心は遂げず（以下略）

（巻第三、四八一「悲傷死妻高橋朝臣作歌一首并短歌」）

『日本霊異記』中巻第二縁の歌も、歌だけを取り上げるならば、浄土思想と切り離して解釈が可能である。「共にといひて先だち去ぬる」とは、本来は、「（消なば）共に」あるいは「共に（あらむ）」と、誓い合っていながら先立ってしまった恋人や配偶者を偲ぶ歌だったのではないか。

『日本霊異記』には、景戒の浄土信仰の受容が認められる箇所がある。

庶はくは地を掃きて共に西方の極楽に生まれ、巣を傾けて同じく天上の宝堂に住まむとねがふ。（下巻序）

我聞く所に従ひて、口伝を選ひ、善と悪とを儻《たむら》として、霊 奇《あやしきこと》を録す。願はくは此の福を以ちて、群の迷《まどふひと》に施し、共に西の方の安楽国に生まれむ。（跋）

傍線部、「共（に）」の語が用いられている。願文の類の文章では、「倶成覚道」「共致菩提」などのように、衆生と「共（倶・与）」に得悟することを願う、という表現が常套句になっており、西方極楽往生を願う文句にも多く見られる。

所以安養界同処、欲相願共諸衆生、往生安楽国。（天平勝宝二年四月十五日書写『維摩詰経』跋文）

五濁末世心惑深　三蔵本教難知宣　我今随力述本文　益後生仮思疲労　令法久住於世間　生生灯令不絶　由久修設往生縁　於法檀主諸衆生　共生西方安楽国　唯願種覚加神力

（善珠『唯識義灯増明記』序）

予感歎伏膺聊記操行。号曰日本往生極楽記矣。後之見此記者。莫生疑惑。願我与一切衆生。往生安楽国焉。

（『日本往生極楽記』序）

西方極楽浄土は、阿弥陀仏の衆生救済を誓う本願によって建立された浄土である。善根を積んだ者から極悪人まですべての者が、阿弥陀仏に帰依することで極楽に往生することができるという。極楽願生者は、阿弥陀仏の慈悲があらゆる衆生に振り向けられ、他の人々と「共に」往生することを願うのである。

わが国には、既に飛鳥時代に浄土信仰が伝来していた。舒明天皇十二年（六四〇）と白雉三年（六五二）に、三論宗の僧恵隠が浄土三部経の一である『無量寿経』を講説した（『日本書紀』）。奈良時代に浄土教学は主に三論宗・華厳宗・法相宗などで研究されていた。釈迦・弥勒・薬師などの諸浄土信仰に比して阿弥陀信仰が優勢になるのは、奈良時代後半以降であるという(6)。

『阿弥陀経』には、極楽浄土に来生した者たちは、聖者等と共に一所に会合できるという「倶会一処」について説かれている。

舎利弗よ、衆生にして聞く者あらば、まさに願を発して彼の国に生まれんと願ふべし。所以は何に。是の如きの諸の上善人と倶に一処に会ふことを得ればなり、舎利弗よ、少なる善根・福徳の因縁を以て彼の国に生まるることを得べからず。

（『阿弥陀経』）

同じ信心を持って念仏往生すれば、来世で愛する者たちとも再び会うことができる。「一蓮托生」の思想に通じる。「共（倶）に」という語は、極楽往生信仰において特に大切な言葉だったのではないか。

中巻第二縁の歌は、もとは浄土思想とは無関係な挽歌であったが、「共にといひて」という句から、浄土願生の歌に解釈されるようになったのではなかろうか。この歌は、『萬葉集』の歌の「仮托の改作」（松浦『註釈』）、「歌詞の合理化」（宮岡薫『古代歌謡の構造』第三章、新典社、一九八七年）といわれるように歌詞を説話に合わせて変えたものではなく、既成の挽歌を浄土願生の歌に付会したものと推測する。

行基の浄土信仰については明らかでない。日本最古の往生伝『日本往生極楽記』は行基伝を収録しているが、著者慶滋保胤は、初稿本に聖徳太子伝と行基伝を掲載していなかったところ、兼明親王の夢によって後補したという事情を記している。『霊異記』以後も、一般に行基は浄土教家として特に考えられていなかったものと思われる。

しかし、行基信仰における民衆救済思想が、衆生救済をうたう浄土思想に融合したとも考えられる。『日本霊異記』中巻第二縁は、行基の死後、さまざまな行基伝承が形成されてゆく中で生まれた、浄土信仰の説話と考えられる。信厳は行基に「大徳と倶に死なむ。必ず当に西方に往生せむ」と誓った。この「倶に死なむ」に、歌の「共にといひて」が引き寄せ合って、本来挽歌であった歌と、行基説話が結びついたのであろう。

和歌の前半部「烏とふ大をそ鳥のことをのみ」は、①の烏の邪婬の挿話に結びつく。「ともに」の語句で信厳と行基の浄土願生説話と③の和歌が結びつく。もともとは別個に伝承されていた烏の説話と信厳と行基の説話が、和歌によって一つの説話として統合されたのであろう。

『日本霊異記』中巻第二縁は、もとはそれぞれ独立した説話や歌として伝承されていた①・②・③が、左の図のように、「邪婬」「ともに」「烏とふ大をそ鳥の」という共通概念によって緊密に結びつけられ、一話の仏教説話として成立したと想定できる。

五

『日本霊異記』中巻第二縁の説話は、『三宝絵』や『今昔物語集』などの仏教説話集には伝えられず、歌学書に異伝が見出される。

　烏てふおほをそどりの心もてうつし人とは何なのるらむ

この歌は伊勢の国の郡司なりける者の家に、烏の巣をくひてこをうみあたゝめける程に、男がらす人にうちころされにけり。めがらすこをあたゝめてまちゐたりけるにや、久しく見えざりければ、あたゝめけるかひこをすてゝて、たゞのをとこ烏をまねきていまめかしく打ち具してありきければ、かのかひこかへらで腐りてけり。それを見て家のあるじの郡司道心をおこして法師になりにけり。それが心をよめるなり。おほをそ鳥といへるは烏ひとつの名なり。

（『俊頼髄脳』）

からすてふおほをそどりの心もてうつし人とはなになのるらむ

或物には、伊勢の国の郡司の家に子うみたりける烏、をとこがらすのしにゝければこと烏ををとこにして、子をあたためずしてくさらかしてけり、さらばからすをばうきものにしてかくよめりと侍り。たゞしさせる証文も見えず。烏をば文には、貪欲又烏合の群などいひて、烏のなかにこゝろ貪欲に非常なるものにいひならはしたれば、かくよめるにや。うつし人とはまさしき人といふ也。集には現人とかけり。

（『奥義抄』二十九）

からすてふおほをそ烏の心もてうつし人とはなになのるらむ

或物には、伊勢の国の郡司が家に、子をうみたりける烏の、夫烏の死にたりければ、こと烏を夫にして子をあたゝめずして、くさらかしてけり。されば烏をうきものにしてかくよめりと侍り。但、させる証文見えず。烏をば書にも貪烏といひて、烏のなかに心貪欲にいひならはしたればかくよめり。うつし人とはまさしき人といふ也。集には現人とかけり。

（『和歌色葉』第三巻、六十九）

これらの歌学書には、『霊異記』中巻第二縁の説話のうち、信厳の出家を語る①の部分だけが書き伝えられ、歌の後半部が「うつし人とは何なのるらむ」に差し替えられている。①が独立した歌物語として伝承されていたことがうかがわれる。

『袖中抄』は「おほをそどり」の項目を立てて、『萬葉集』の歌の解釈のあとに、「うつし人」の歌物語を『無名抄』の引用として載せて考証を加えている。典拠は『日本霊異記』であること、歌の第三句以下に異同があること、「伊勢国の郡司」ではなく「和泉国の掾」であることを指摘している。母烏の邪婬が夫烏の生前か死後かに関しては訂正しておらず、信厳の妻の出家の件は省かれている。

歌学書の和歌の第四句「うつし人」の「うつし」とは、「実在する、現実である」の意味である。「うつし人とはまさしき人」（『奥義抄』）とあるように「存命中の人」だが、仏教的に受け取れば「この世にある人」つまり「在俗の人」の意である。説話が伝承される間に、行基との西方往生の約束の件が省かれて、信厳の出家譚だけになったために、内容に合わせて生まれた異伝歌であろう。

歌学書において、「邪婬」のかわりに「貪欲」（前掲『奥義抄』、『和歌色葉』傍線部）となったのは、「其一觜大者、攫搏性貪癡」（元稹「大觜烏」）、「貪烏占栖息」（白居易「和大觜烏詩」）の影響があったものと思われる。移り気な烏の説話が、行基説話としてではなく、和歌にまつわる説話として伝えられたのは、「烏とふ大をそ鳥の」という言い回しの諧謔性が、関心の中心に据えられていったためであろう。

『日本霊異記』では、信厳は、卵を抱いて死んでいた雄烏の姿を見て「大きに悲愍《かなし》ぶる心（大悲愍心）あり」て出家した。説話の眼目は、出家の動機となった慈悲心であった。歌学書では、「からすをばうきものにして」（『奥義抄』、『和歌色葉』）と、厭世観に重心が移っている。歌学書に、雄烏が卵を抱いたまま死んでいたという描写が伝承されなかったのは、『霊異記』的文脈が失われたためと考えられる。

注

（1）『新日本古典文学大系』訓読文はこの歌を平仮名小文字で表記しているが、ここでは漢字片仮名交じりで表記した。

（2）本書第一部第一章注（11）、第一部第五章参照。

（3）本書第二部第四章参照。

（4）武田祐吉「乎曽呂考」（『萬葉集新解』巻下、山海堂出版部、一九四〇年）参照。

（5）「許呂久《ころく》」は烏の鳴き声の擬声語である。子ろ来と解する場合は、女性が男性に「子」と言う例がないことと、「子」の意味の「こ」を「許」と表記するのは上代特殊仮名遣上の異例である点に問題があるため、佐竹昭広氏は、『成実論』天長点などに「自」を「コロ」と訓ずる例があり、自分自身を意味する「ころ」という古語が存在したことから、「許呂久」を「自来」と解すべきであるとしている（『萬葉集抜書』、岩波書店、一九八〇年）。

（6）井上光貞『日本浄土教成立史の研究』（『井上光貞著作集』第七巻、岩波書店、一九八五年）参照。

第三章　『日本霊異記』の異類婚姻譚　―神話から仏教説話へ―

一

『日本霊異記』中巻第三十三縁は、美しい富豪の娘の身に起きた猟奇的事件の説話である。鏡作造の娘万《よろづ》の子は、高い身分の男たちの求婚にも応じずに年を経ていたが、ある求婚者の「彩帛《しみのきぬ》（染色された絹布）三車」の贈り物を見て「馳《おもねり》の心をもち」、求婚を受け入れた。しかし、娘は、結婚初夜に頭と指一本を残して食われてしまった。男は恐ろしい食人鬼だったのである。

聖武天皇の代に、国挙《こぞ》りて歌詠《うた》ひて謂はく「なれをぞよめにほしとたれ　あむちのこむちのよろづのこ　南无南无や　仙《ひじり》さか文《もに》さかも酒持ち　のり法《のり》まうし　やまの知識あましにあましに」といふ。爾の時に大和国十市郡菴知《あむち》村の東の方に、大に富める家有り。姓は鏡作造《かがみのつくりみやつこ》なり。一の女子有り。名けて万《よろづ》の子と曰ふ。いまだ嫁《あ》はず、いまだ通《とつ》がず。面容《かほかたち》端正《きらぎら》し。高き姓の人伉儷《よば》ふになほ辞《いな》びて年祀《とし》を経。爰《ここ》に有る人伉儷《よば》ひて忩々《しばしば》物を送る。彩帛《しみのきぬ》三車なり。見て馳《おもねり》の心をもちて兼ねてまた近《ちかづ》き親《むつ》ぶ。語《ことば》に随ひて許可《ゆる》し、閨《ねや》の裏《うち》に交通《とつ》ぐ。其の夜閨の内に音《こゑ》有りて言はく「痛きかな」といふこと三遍なり。父母聞きて相談《あひかたら》ひて曰はく「いまだ効《なら》はずして痛むなり」

といひて、忍びてなほ寐《ぬ》。明日《あくるひ》の暁に起き、家母《いへのとじ》戸を叩きて驚かし喚べども答へず。怪びて開き見れば、ただし頭と一の指とのみを遺し、自余《そのほか》はみな噉《く》はる。父母見て、悚慄《おそ》り惆悵《あわ》て、娉妻《よばひ》に送れる彩帛を睠《み》れば、返りて畜の骨と成る。載せたる三の車は、また返りて呉朱臾木《かはじかみ》と成る。八方の人聞き、集り臨り見て、怪びずといふこと無し。韓筥《からはこ》に頭を入れ、初七日の朝に、三宝の前に置きて斎食をす。すなはち疑はくは、災の表《しるし》まず現れ、彼の歌は是れ表ならむ、と。或るいは神《あや》しき怪《さとし》なりと言ひ、或るいは鬼の啖ふなりと言ふ。覆し思ふに、なほし是れ過去の怨《あた》なり。斯れまた奇異《あや》しき事なり。

（中巻「女人悪しき鬼に点《けが》され噉《く》はるる縁」第三十三）

二

この説話は、正体不明の男との結婚という点で、『古事記』三輪山伝説を想起させる。崇神天皇記によると、活玉《いくたま》依毘売《よりびめ》という美しい娘のもとに、見知らぬ立派な男が通ってくるようになり、程なく身ごもった。

此の、意富多々泥古《おほたたねこ》と謂ふ人を、神の子と知りし所以は、上に云へる活玉依毘売、其の容姿端正《きらぎら》し。是に、壮夫《をとこ》有り。其の形姿・威儀、時に比《たぐひ》無し。夜半の時に、儵忽《たちま》ちに到来《きた》りぬ。故《かれ》、相感《あひめ》でて、共に婚《あ》ひ共に住める間に、未だ幾ばくの時も経ぬに、其の美人《をとめ》、妊身《はら》みき。

母は、娘の夫の身元を知りたいと思い、娘に、床の前に赤い土を散らし、「へその紡麻《うみを》」を針に通して男の衣の裾に縫い付けさせた。明くる日、その糸をたどっていくと、三輪山の神の社に着いた。男の正体は三輪山の神で、活玉依毘売は神の子を宿したのだと知った。三輪の神官の始祖伝説であり、三輪（三勾）という地名の起源譚である。

この型の伝説は異類婚姻譚に属し、三輪山型伝説といわれるが、それに類する伝説が、『常陸国風土記』那賀郡茨城里晡時伏山《くれふし》の条にある。努賀毗古《めかびこ》・努賀毗咩《ぬかびめ》の兄妹がいたが、妹のところに姓名も知らない男が通ってくるようになり、やがて小さな蛇を生んだ。神の子と思い育てたが、大きくなりすぎたので、蛇の子に父のもとに行けと告げた。子は泣きながら従者の童を所望したが、母に断られると、子は怒り伯父を殺して天に昇ろうとした。母が子に甍を投げ当てると、子は天に昇れなくなり、その峰に留まった。その子孫はそこに社を建てて、祭ることが絶えないという。

また、『肥前国風土記』松浦郡褶振《ひれふり》峯の伝説は、途中までは三輪山型の展開を見せながら、凄惨な結末を迎えるところが、『日本霊異記』中巻三十三縁に通じている。弟日姫子《をとひひめこ》は、任那へ旅立つ大伴狭手彦を、褶振峯から見送った。その五日後から、弟日姫子のもとに狭手彦によく似た男が通ってくるようになった。弟日姫子は男の上衣の裾に麻糸を縫い付け、たどっていってみると、蛇が頭を沼の岸に伏せており、下半身は人に化して沼の底に沈んでいた。それを聞いた親族たちが見に来ると、蛇の姿はなく、沼の底に娘の遺体が沈んでいた。

上代には、日本各地にこれらのような蛇婿伝説が伝えられていたのであろう。蛇は、水神であり雷神であるのと同時に、恐るべき怪物の属性も有していたので、神婚伝説としてだけでなく『肥前国風土記』のような怪奇伝説が語られることもあったのだと思われる。

『日本霊異記』中巻第三十三縁も、そうした蛇婿伝説の延長線上にあるのであろうか。寺川真知夫氏は、仏典の羅刹女や中国の小説の食人鬼の例を挙げ、中巻第三十三縁は、

三輪山型の伝承の型を用いているようにみえても、それは三輪山型伝説の内的発展・展開の結果として中巻第三

十三縁があるのではない。仏教的立場からの、神怪の者の食人という恐ろしい事実を提示しようとの意図によって形成されている。

と述べている。(1) 丸山顕徳氏は、中国の『獪園』第十五の、婚礼初夜に花嫁が魔物と入れ替わり、花婿が食われてしまうという「飛天夜叉」の説話との類似性を挙げ、中巻第三十三縁が中国小説の系統を引いていると述べている。

萬の子の話は、夜叉の人食いの伝承説話に、この地方の富家である鏡作造の娘を重ねて話をつくったものであることが分かる。また、恐ろしい、しかも珍しい話を好む人々の欲求に答えるために、この伝承は渡来人によって持ち込まれたものであろうと考えられる。(2)

寺川氏や丸山氏の述べるように、『日本霊異記』中巻第三十三縁の鬼は、仏教や中国小説の食人鬼の流れを汲むものであるとしたら、日本国内の説話として翻案する際に、三輪山型伝説を受け皿にして取り入れたのだと思われる。よく知られた話型の語り出しを用いることで、その後の展開に、より衝撃的な効果をもたらしたであろう。『古事記』『風土記』の三輪山型伝説では結婚の理由については特に何も触れていないが、『霊異記』中巻三十三縁では、万の子が男からの贈り物を見て「見て靦《おもねり》の心をもちて」と記している。この「靦」は、中巻「閻羅王の使の鬼召さるる人の饗を受けて恩を報ゆる縁」第二十五縁にも用例があり、「オモネリテ」の訓釈がある。(3)

閻羅王の使の鬼来りて衣女を召す。其の鬼走り疲れ、祭れる食を見て靦りて就きて受く。

観智院本『類聚名義抄』に「媚」の訓に、「フケル、オモネル、メヅ」（法上一〇二）とある。「おもねる」はへつらう、追従するの意だが、「媚」の義としての「おもねる」は「ふける」「めづ」の概念に近いと考えられる。『日本霊異記』中巻第二縁に「貪」という字に「フケル」の訓釈（国会図書館本）があるが、「貪」は、仏教では根本煩悩の「三毒（貪・瞋・癡）」の一つとされている。「他の財物に於ける悪欲を貪と名づく」（『倶舎論』巻第十六）。「貪欲」は「十悪（殺生・偸盗・邪婬・妄語・両舌・悪口・綺語・貪欲・瞋恚・邪見）」の一つでもある。

また、「めづ」は「神奈我良《かむながら》　愛能盛尓《めでのさかりに》」（『萬葉集』巻第五、八九四）とあるように、「愛」の訓とされる語である。仏教語の「愛」は執着であり、煩悩である。「貪愛」は「貪」の異名として仏典に頻出する。『霊異記』中巻第三十三縁の「媚《おもねる》」は、仏教でいう「貪愛」に非常に近い概念であったと思われる。万の子は、男の贈り物を見て「貪愛」の煩悩に駆られ、男に媚びなつき、受け入れた。

見て媚の心をもちて兼ねてまた近き親ぶ。語に随ひて許可し、閨の内に交通《とつ》ぐ。（『日本霊異記』中巻第三十三縁）

しかし、万の子が閨に迎え入れたのは、実は、恐ろしい悪鬼だった。仏典に、「鬼」との「交通」について次のような記述がある。

初に犯境に十あり。一に死屍未だ壊れず、二に鬼と交通す。三に畜生、四に人、五に諸親、六に女妹等、七に在家の二衆の五八戒を持つ等、八に出家の二衆の大戒を具する等、九に父母、十に聖人、羅漢の尼を犯す等の如し。みな前は軽く後は重なること知るべし。（法蔵『梵網経菩薩戒本疏』巻第三）

『梵網経菩薩戒本疏』は、大乗菩薩戒である梵網戒を説く『梵網経』の注疏(4)で、奈良時代には日本に伝来、普及していた。引用部分は梵網十重禁四十八軽戒のうちの第三無慈行欲戒の注解で、犯戒の境（対象）の軽重について述べている箇所である。「鬼」との「交通」は、傍線部のように犯境の二に挙げられている。

『梵網経』本文には、

> 若し仏子、自ら婬し、人を教へて婬せしめ、乃至一切の女人を、故に婬する事を得ざれ。婬の因、婬の縁、婬の法、婬の業あらん。乃至畜生の女、諸天鬼神の女、及び非道に婬を行ぜんや。（『梵網経』巻下、第三無慈行欲戒）

と、「諸天鬼神の女」とある。「女」とあるので男性側からの記述であるが、梵網戒は、老若男女、在家出家を問わない戒律である。女性側からみた場合は「諸天鬼神の男」となる。「鬼」との結婚は、菩薩戒において禁止項目なのである。

すなわち、万の子が欲にかられて男を受け入れた行為は、菩薩戒を破る邪婬だった。万の子は咎なくして無邪気なまま鬼に喰い殺されたのではなかった。贈り物への貪執、鬼との邪婬という悪因を重ねて、「悪しき鬼に点され喰噉《く》は」れたのである。

『日本霊異記』中巻第三十三縁は、冒頭の不吉な流行歌が食人鬼事件の「災の表」であったとし、事件は「過去の怨」によるもの(5)であり「奇異しき事」だと結んでいるが、説話の根底には、貪欲→邪婬→殺害という、娘の身における悪の因果応報があったと読むことができるのではないだろうか。

三

三輪山型伝説は、昔話としても全国各地に広く語られてきた。昔話の分類としては、『日本昔話大成』によると本格昔話―婚姻―異類聟―蛇婿入り―苧環型（一〇一A）になる。昔話の異類聟はさまざまな話型が全国に分布しているが、「異類」のほとんどが人間を欺こうとする動物や鬼などで、はじめは欺かれたり陥れられて窮地に立たされた人間が、知恵で異類を欺き返し、人間側が勝利する結末が多い。

『日本昔話大成』で蛇婿入り―苧環型として紹介されている「蛇聟入」（新潟県栃尾市）の筋をまとめると、次のようになる。

①器量よしの娘のもとに、身元のわからない男が通ってくる。
②親が不審に思い、娘に言いつけて、男の着物の裾に縫い針を刺させる。
③次の朝、血の垂れた跡をたどっていくと、洞窟の中に入っていった。
④痛みに苦しむうなり声と話し声が聞こえ、「人間のところに子を残してきたので心配ない」「しかし、人間が五月の菖蒲湯に入ると子供が砕けてしまう」と言っていた。
⑤家に帰って、娘を菖蒲湯に入れると、蛇の子が下りる。
⑥これが五月節句のいわれである。

①～③は三輪山型伝説に相当しているが、④～⑤は、三輪山伝説に付け足しをしたような展開である。関敬吾は『昔話と笑話』において、各地の苧環型諸例全体において共通する要素として、発端の三つの要素を挙げ、その後は

英雄誕生譚と「立聴型」に分かれていることを述べている。

一、未知の男が夜々娘のところに通ってくる。
二、親の助言によって、娘はその男の衣に針に糸を通して差しておく。
三、翌朝、親または娘がたどって行くと糸は淵（洞窟、木の株）の中に入っている。
（中略）この三つの発端の要素である不変部分を基礎として二つの型に分れている。そのひとつは英雄誕生譚の形式をとり、他は立聴型の形式である。　（関敬吾『昔話と笑話』）

「立聴型」とは、三月の蓬酒や五月の菖蒲酒などを飲むと子が下る、あるいは湯をたてて入ると子が下るなどという異類同士の会話を立ち聞きし、その通りにすると子が下り娘は無事であるという結末で、現在最も多く採集されている普遍的形式だとする。

『日本霊異記』には、永藤靖氏が指摘しているように、(6)立聴型の後半部分に類似する説話がある。中巻「女人大蛇に婚はれ薬の力に頼りて命を全くすること得る縁」第四十一。河内国の裕福な家の娘が、桑の木に登って葉をこいていると、大蛇が木に登ってきた。女は驚いて木から落ちてしまったが、蛇が一緒に落ちて娘にまといつき交わってしまった。父母が薬師を呼ぶと、薬師は稷《きび》の藁を焼いて汁に入れて煮て、猪の毛を十把きざんで入れ、その汁二斗を娘の体に注ぎ入れた。すると、蛇が体から離れ、蛇の子を皆おろすことができた。しかしその三年後に、娘はまた大蛇と交わって死んでしまった。

この説話の結末は、立聴型の昔話と異なり、九死に一生を得たかのように思われた娘が、三年後に、また蛇によって死んでしまう。標題によると、薬の力を讃える説話だが、娘と蛇の因縁について次のように述べられている。

愛《うつくし》ぶる心深く入らば、死に別るる時に、夫と妻と父母と子とに恋ひて是の言《ことば》を作《な》していはく「我れ死なば、またの世にかならずまた相《あ》はむ」といふ。其の神識《たましひ》は業の因縁に従ひて、或るは蛇馬牛犬鳥の等きらに生る。先の悪《さきのよ》しき契に由りて、蛇に愛び婚《くなか》はれ、或は怪しき畜生にせらる。

（『日本霊異記』中巻第四十一縁）

娘の悪しき運命は、前世の愛執が業因だったというのである。夫、妻、父母、子に深く執着して、死んだら来世に会おうと契った者たちは、ある者は蛇に愛され、またある者は畜生に生まれ変わることになるのだという。

この説話には、蛇が「畜生」であること、すなわち悪業のために畜生道に堕ちた存在であるという仏教的観念が示されている。仏教において蛇は神ではなく、畜生である。蛇に愛されること、または畜生として生まれることは、先の世の「悪しき契」の結果だというのである。

前掲の『梵網経』無慈行欲戒に「乃至畜生の女、諸天鬼神の女、及び非道に婬を行ぜんや」とあり、本書第一部第一章でも述べたように、戒律において畜生との淫行は禁じられている。『優婆塞戒経』にも次のように説かれている。(7)

若し非時・非処・非女・処女・他婦に於て、若し自身に属すれば是れを邪婬と名づく。唯だ三天下にのみ邪婬の罪あり。鬱単曰には無し。若しは畜生、若しは破壊、若しは属僧、若しは繋獄、若しは亡逃、若しは師婦に、若しは出家人、是の如きの人に近づくを名づけて邪婬と為す。

（『優婆塞戒経』巻第六）

動物や鬼との異類婚は、仏教においては邪婬であり罪悪である。神話や昔話における異類婚姻譚との決定的な違いである。昔話の蛇聟入りでは、娘側が異類やその子供を退治してめでたしとなるところを、『日本霊異記』中巻第三十三縁と四十一縁では、娘が死んでしまう悲劇で終わるのは、仏教的解釈による異類婚説話だからである。

四

『日本霊異記』には、蛇聟入りのもう一つの型である水乞型に類似する説話もみられる。中巻第八縁と第十二縁で、娘が、蛙を助けるために、心ならずも蛇に結婚の約束をしてしまうという話である。

『日本霊異記』中巻「蟹《かに》と蝦《かへる》との命を贖《あか》ひ生《いきもの》を放ちて現報を得る縁」第八。置染臣鯛女という「道の心純熟《もはらな》りて初婬を犯さ」ない娘がいた。大蛇が大蛙を飲もうとしていたとき、あなたの妻になるから蛇を許しなさいと言った。約束の七日後、蛇が本当にやってきたので恐ろしくなり、行基に相談した。行基は「汝免さるること得ず。ただし堅く戒を受けよ」と言い、三帰五戒を授けた。その帰りに、鯛女は大蟹を持っている見知らぬ老人に出会い、衣類と交換に大蟹を譲ってもらい、放生してやった。八日目の夜にまた蛇がやってきたが、飛び跳ねる音がして、翌朝見てみると、一匹の大蟹が、大蛇をずたずたに切り殺していた。

中巻「蟹《かに》と蝦《かへる》との命を贖《あか》ひ生《いきもの》を放ちて現報に蟹に助けらるる縁」第十二は、第八縁の類話である。山背国紀伊郡の女人は、焼いて食われそうになっていた八匹の蟹を買い上げ、放生してやった。その後、大蛇が大蛙を飲むのを見て、自分が妻になるからゆるしてやれと言うと、蛇は蛙を吐き出した。妻になる約束をしてしまった女人が行基に相談すると、ただ三宝を敬えと言われる。約束の日、大蛇がやってきたが、八匹の大蟹が大蛇をずたずたに切り殺し、娘に恩返しをした。

昔話で、蛇聟入り―水乞型は『日本昔話大成』では一〇一Bに分類されるが、中巻第八縁と第十二縁により近い型として、異類聟―蛙報恩型（一〇四A）と蟹報恩型（一〇四B）がある。筋をまとめると次のようになる。

「蛇聟入」（青森県三戸郡）

① 長者が、自分の干上がった田に水を引いてくれる者なら、三人娘の一人を嫁にやると約束する。
② 翌日、田に水を引いた者がいたので、三番目の娘が、嫁に行くことになる。
③ 娘は、針千本と千成りふくべと真綿千枚を持って嫁入りし、大蛇の聟を退治する。
④ 家に帰れない娘は、山の中で出会った蟇蛙におんば皮をもらう。
⑤ おんば皮をかぶって長者に奉公する。
⑥ おんば皮を脱いだところを長者の長男に見初められ、嫁になる。

（『日本昔話大成』一〇一B蛇聟入・水乞型）

「蛙報恩」（岐阜県高山市）

① 爺さんが、蛙を飲み込もうとする蛇に、三人娘のうち一人を嫁にやると言って、蛙を助けてやる。
② 三番目の娘が嫁に行くと言い、針千本と瓢箪とお経を持って嫁に行く。
③ 蛇が来たので娘はお経を読んで覚悟をしていると、蛙が仲間を呼んで蛇を殺して、恩返しをしてくれた。

（一〇四A蛙報恩型）

「蟹報恩」（石川県珠洲市）

① 百姓が、蛇に、田に水を引いてくれたら娘を嫁にやると言う。

② その晩、若者に化けた蛇が、聟になりに来る。

③ 翌日また蛇が来ると、前に百姓が助けたことがある蟹が仲間を呼んで、蛇をこま切れにして殺して、恩返しをしてくれた。

（一〇四B蟹報恩型）

『日本霊異記』の中巻第八縁と中巻第十二縁は、非常に似ていることに注目されるが、黒沢幸三氏は類似性について、説話として筆録される前に「口承に支えられた伝承期間」があるためで、布教僧が、行基説話として各地に語り歩く過程で生まれた類話を、二つの別話として景戒が採録したのであろうと推測している(8)。また、『日本霊異記』中巻第十二縁が特に「報恩」を強調していることについて、黒沢氏は、昔話は人間と動物との交渉を語るものは多く、説話文学の母体をなしてきたが、「『霊異記』において報恩譚が完全な形になるのは、仏教の慈悲や四恩の説の影響によるものと考えてよいだろう」と述べている(9)。

つまり、人間と動物の昔語を母体とする仏教報恩譚が、各地に口承で語り伝えられ、そのうちの二話が『日本霊異記』に採録されたということになる。

後に、『日本霊異記』中巻第十二縁は、蟹満寺縁起譚として『三宝絵』『本朝法華験記』『今昔物語集』『元亨釈書』などに伝えられていった。『昔話大成』の蛙報恩型と蟹報恩型は、明らかに蟹満寺縁起譚に類似しており、仏教説話が口承の昔話に摂取された一例として受け止められる。すなわち、昔話（人間と動物の交渉）→仏教説話（動物報恩譚→蟹満寺縁起譚）→昔話（蟹報恩）という、仏教説話と昔話相互の影響関係が見受けられる。

昔話と『日本霊異記』説話の大きな違いは、行基の勧めによる「受持三帰五戒」（中巻第八縁）及び「信三宝」（中巻第十二縁）のモチーフの有無であろう。

『日本霊異記』中巻第八縁の鯛女は、蛇に呑まれようとしている蛙を救うために、心にもない約束をしてしまったが、出雲路修氏は、その約束が、仏法の五戒に抵触することを指摘している。五戒とは在家信者が守るべき戒で、殺生戒・偸盗戒・邪婬戒・妄語戒・飲酒戒である。もし鯛女が蛇の嫁になれば、邪婬戒、ならなければ嘘をついたという妄語戒を破ることになる。出雲路氏は、この説話が、昔話の世界とは「異質な価値観」である仏教思想に支えられていることを述べている。

（鯛女は）「五戒」を受持してのちにあらためて蟹を救い、蟹に報恩されて災厄を免れる。この説話構成それ自体が主張する「仏教思想」を、読みすごしてはならない。馬喰八十八や知恵有殿の活躍する昔話の世界や、猿婿入りの昔話の世界は、ここには、ない。それらとは異質な価値観に支えられた、「仏教昔話」の世界が、ここに創りだされようとしているのである。

（出雲路修「誘う女」、『説話集の世界』）

仏教説話は、神話・伝説や昔話とよく通じ合いながらも、語られる内容は必ず仏教的価値観や思想に帰結するという、仏教説話としての同一性が確保されているのである。

五

『日本霊異記』中巻には第三十三縁のほかにもう一話、異類女房に類するといえる説話がある。人間の男と吉祥天女像との交渉を語る説話である。

「愛欲を生《おこ》し吉祥天女の像に恋ひて感応して奇《あや》しき表を示す縁」第十三。和泉国のある優婆塞が、寺の吉祥天女の塑像に恋をして、自分に天女の如く美しい女を賜るよう日夜願った。すると、ついに夢の中で天女の像に交わった。あくる朝、吉祥天女像を見てみると、裳の腰に汚れの跡が染みついていた。このことが弟子の暴露によって里人たちに知られてしまった。里人らが寺に来て虚実を問いただし像を調べたところ、天女の像が汚れ染みていたので、優婆塞は隠すことができずにすべてを語った。

諒《まこと》に委《し》る、深く信《うやま》はば感《うご》きて応《こた》へずといふこと無し、と、是れ奇異《あや》しき事なり。涅槃経に云ふが如し「多婬の人は画ける女にすら欲を生《おこ》す」とのたまふは、其れ斯れを謂ふなり。

（中巻第十三縁）

この説話の場合は、邪婬にはならないのだろうか。『梵網経』には、

乃至畜生の女、諸天鬼神の女、及び非道に婬を行ぜんや。

（『梵網経』巻下）

とあり、その「諸天」に吉祥天女が含まれるかどうかが問題である。

石田瑞麿氏は、「諸天鬼神の女」の経文について、

天や鬼神の場合は現実味が欠けるが、明曠が鬼神について「自らの心中にかの身を現ずることを請ひ、非梵行を行ず」という説明からすれば、架空の女と淫を行ずることとみてよい。『日本霊異記』巻中の、「愛欲を生じ、吉

祥天女の像に恋ひ、感応して奇しき表を示す縁第十三」はこの類と解してよかろう。

と明曠『天台菩薩戒義疏』による解釈を述べて、この説話が該当し非梵行となると指摘している。(10)

本書第一部第五章にも後述するように、景戒に影響があったと思われる『梵網経古迹記』と『梵網経略疏』の注解部分に、次のような同文がある。


言諸天者、魔女等反身為人婬比丘等。（『梵網経古迹記』巻下、『梵網経略疏』巻下）

「諸天」とは、人に化けて比丘等をたぶらかす魔女のこととあるので、吉祥天女は該当しないことになる。中巻第三縁が悪報譚ではなく、信心に対する吉祥天女の感応という善報譚として語られているのは、『天台菩薩戒疏』ではなく、『梵網経古迹記』や『梵網経略疏』などによって邪婬の解釈をしているためではないだろうか。(11)よって、『霊異記』中巻第十三縁の吉祥天女説話は、邪婬説話ではなく、奇瑞に満ちた霊験譚として分類されると考えられる。

六

異類婚姻譚は、異類である神と人間との結婚により、神の子が人間界にもたらされ、一族の祖となるという始祖伝説が原型であると考えられている。日本神話では前掲の三輪山伝説や、海幸彦山幸彦神話などが有名である。『古事記』によると、海神の娘・豊玉毘売命《とよたまびめの》は、火遠理命《ほをりの》（山幸彦）と結婚し、海辺に建てた産屋の中で「八尋鰐」の姿に戻って鵜萱草萱不合命《うかやふきあへずの》を産み、海の世界へと帰っていった。海の神女の本来の姿が大鰐だったのである。

三輪山の神である蛇も豊玉姫の正体である鰐も、仏教的立場から見れば、神ではなく「畜生」である。畜生との結婚は、「邪婬」である。仏教説話における異類婚は、神話伝説や昔話における異類婚とは異なり、邪婬として「悪」の価値観を負う。

『日本霊異記』上巻「狐を妻として子を生ましむる縁」第二は、狐女房（『昔話大成』一一六A～C）の我が国の文献上の最古の用例である。『日本霊異記』には、このように、蛇聟入りの苧環型と水乞型・立聴型、異類女房の狐女房があり、異類婚姻譚の基本的な話型がほぼ揃えられている観がある。注目すべき事であろう。第一章で述べたように、上巻第二縁も、狐を「畜生」として結婚を「邪婬」ととらえることができる。つまり、『日本霊異記』の異類婚説話は、すべて「邪婬」として語られていると思われる。

祈はくは奇しき記を覧る人、邪を却りて正に入れ。諸の悪は作すことなかれ。諸の善は奉り行へ。（上巻序）

というのが、『日本霊異記』の編纂意図であった。「諸悪莫作、諸善奉行」が原始仏教以来の基本的な仏教理念であることはいうまでもないが、この「善」「悪」とは、古来日本人が社会通念として保持していた倫理観ではない。仏教における「善」と「悪」である。

異類婚姻譚はさまざまな型が伝えられているが、古くは神と人との結婚神話であり、一族の始祖を異類の神にたどる伝説であったという。しかし、『日本霊異記』に収められている異類婚姻譚は、「鬼」や「畜生」との結婚は邪婬であるという仏教的解釈をほどこして、仏教説話として再構成された説話群である。『日本霊異記』説話は、日本古来の神話的世界を仏教的価値観によって語り直し、民間伝承を仏教的世界に塗り替えたものであるといえよう。

『日本霊異記』の中には、異類婚神話のほかにも、日本神話的な要素が随所にみられる。上巻第三縁には、天から墜落してしまう雷神が登場するが、その申し子は、長じて仏教の守護者「道場法師」になった。中巻第七縁では、日本を「葦原中国」と呼び、閻羅王が待ち受ける冥界において「黄泉竈食《よもつへぐひ》」が行われるという記述がある。日本固有の信仰を、仏教的世界に取り込もうとする態度がみられる。下巻第十九縁「産生《う》みたる肉団《ししむら》女子と作りて善を修《おこな》ひ人を化《をし》ふる縁」は、肉塊の卵が、異形でありながら高徳の尼になり、聖の化身であったことがわかるという説話である。肉塊は、イザナキイザナミの産んだヒルコを想起させる。神話ではヒルコは生み損ないとして流されたが、『霊異記』では一度は山中に捨てられながらも父母に再び拾われ、聖人「舎利菩薩」として成長する。

『日本霊異記』は、「自《わ》が土《くに》」（上巻序）を、仏教的善悪の因果応報と、仏の霊験に満ちた世界に再構築しているのである。

注

（1）寺川真知夫『日本国現報善悪霊異記の研究』第一章（和泉書院、一九八八年）参照。

（2）丸山顕徳『日本霊異記説話の研究』（桜楓社、一九九二年）参照。

（3）『日本霊異記攷証』巻中第二十五縁「⿺鬼面」の注記に、「第三十三条ニモ亦此ノ字有、今昔物語並ビニ同ジ。類聚名義抄字鏡集此ノ字ヲ載セテ同訓。然諸字書見ルコト無シ。或イハ是靦ノ字ノ之異文」とあるように、「⿺鬼面」は観智院本『類聚名義抄』や『今昔物語集』にもみられるが、管見でも漢籍に見出しておらず『大漢和辞典』にも掲載されていない。

（4）唐法蔵撰。本書第一部第五章参照。

（5）注（1）寺川氏前掲書にも、「中巻第三十三縁では娘と両親は物欲にとらわれて鬼につけこまれ、娘が禍を受ける設定になっている。ここにはそれなりの仏教的意図にそった設定があったとみなければならない。」という指摘がある。また、『今昔物語集』巻第二十「財ニ耽《ふけ》リテ、娘ヲ鬼ノタメニ噉ゼラレ悔ユル語第三十七」は『日本霊異記』中巻第三十三縁の類話だが、男の贈り物に「父母此レヲ見テ忽ニ財に耽ル心出来テ」、娘を鬼に嫁がせて食われてしまう。主人公が娘自身ではなく父母になり、「此レヲ思フニ、人財ニ耽リ廼ル事ナカレ」と、「貪欲のために全てを失う」という、昔話の隣の爺型などに多いテーマになっている。

（6）永藤靖『日本霊異記の新研究』第二章（新典社、一九九六年）参照。

（7）『新日本古典文学大系30　日本霊異記』中巻第八縁の脚注に『優婆塞戒経』のこの箇所の指摘がある。「男子の在家信者が畜生と交わることは邪婬とされた（優婆塞戒経・業品）。女子の在家信者のばあいも同様であろう。不邪淫戒を犯すかのごとき約束である。」

（8）黒沢幸三『日本古代の伝承文学の研究』第三章（塙書房、一九七六年）参照。

（9）黒沢書注（8）第四章参照。

（10）石田瑞麿『仏典講座14梵網経』（大蔵出版、一九七一年）本論第二章参照。

（11）本書第一部第五章参照。

第四章　魚食僧伝説と文殊信仰

一

『日本霊異記』に、食肉戒を破った僧の説話がある。

吉野山の山寺海部峯《あまべのみね》に、一人の大僧が住んでいた。仏道修行に精進していたが、身体が弱って起居できなくなったため、魚を食おうと思って弟子に求めさせた。弟子は紀伊国の海辺で鮮魚八尾を買い、小櫃に納めて帰る途中で、寺の檀越三人に出会った。櫃の中身を問われ、「法華経だ」と答えたが、強いて櫃を開けさせられた。すると、八尾の魚は、弟子の言葉どおりに法華経八巻に化していた。

吉野山に一の山寺有り。名《なづ》けて海部峯《あまべのみね》と号《い》ふ。帝姫阿倍天皇の御世に一の大僧有り。彼の山寺に住みて精懃《つと》めて道を修《おこな》ひ、身疲れ力弱く、起居すること得ず。魚を食はむと念欲《おも》ひて弟子に語りて言はく「我れ魚を噉はむと欲《おも》ふ。汝求めて我れを養へ」といふ。弟子師の語を受けて紀伊国の海辺に至り、鮮《あざらけ》き鯔《なよし》八隻を買ひて小櫃に納めて帰り上る。時に本より知れる檀越三人、道に遭ひて問ひて言はく「汝が持つ所の物は何物ぞ」といふ。童子答へて言はく「此れ法花経なり」といふ。持てる小櫃より魚の汁垂り、其の臭きこと魚の猶し。俗《ただひと》経にあらずと念《おも》ふ。すなはち大和国の内市の辺に至り、俗等と倶に息《やす》む。俗人逼《せ》めて言はく「汝が持てる物は経にあらず、此れ魚なり」といふ。童子答へて言はく「魚にあらず。当に経なり」といふ。俗強ひて開かしむ。逆《いむか》ひ拒むこと得ず。櫃を開きて見れば、法花経八巻と化《な》りてあり。俗等見て、恐り奇びて去る。彼《そ》の一の俗「なほ奇し。見遂げむ」と念ひて、竊《ひそか》に窺ひ往く。童子山寺に至り、師に向ひて俗等の事を陳《の》ぶ。禅師聞きて、一《ひとたび》は怪び一は喜び、天の守護《まも》ることを知る。然うして彼の魚を食ふ時に、窺ひ往きたる俗見て五体を地に投げ、禅師に白《まう》して言《まう》さく「実《まこと》は魚の体なりといへども聖人《ひじり》の食物と就れば、法花経と化《な》るなり。我れ愚癡邪見にして因果を知らずして、犯し逼め悩まし乱《まどは》す。願はくは罪を脱《ゆる》し賜へ。今より已後《のち》は我が大師として恭《うや》敬《ま》ひ供養せむ」とまうす。爾《そ》れより俗大檀越と成りて禅師を供養す。当に知るべし、法の為に身を助くれば、食物に於きては、毒を雑へたるものを食ふといへども甘露と成り、魚の宍《しし》を食ふといへども罪を犯すにあらずして、魚化《かは》りて経と成り、天感《うご》きて道を済《すく》ふ。此れまた奇異《あや》しき事なり。

（下巻「禅師の食はむとする魚法花経と化作《な》りて俗の誹を覆す縁」第六）

二

仏教の出家者は周知のように、食肉が禁じられている。しかし、小乗仏教ではいわゆる「三種の浄肉」、すなわち「故らに我が為に殺せるを見ず、又これを聞かず、及びその疑のなきもの」であるならば、食してもよいことになっている。ただし、「三種の浄肉」であっても、象・馬・龍・狗・人の五種、または象・馬・龍・狗・人・鳥・鷲・猪・獼猴・獅子の十種の肉を除くという。『霊異記』下巻第六縁の食肉は、十種以外の魚肉であり、買い求めたものであるから、「三種の浄肉」にあたる。

また、僧が病衰しているときには、薬として肉を用いてもよいとされることもある。松浦貞俊『日本霊異記註釈』下巻第六縁の附言に、『根本説一切有部毘奈耶薬事』などの例が挙げられている。藤森賢一氏は、「僧尼令」第七にも、

凡そ僧尼、酒を飲み、肉を食み、五辛服せらば、三十日苦使。若し疾病の薬分に為るに、須ゐむ所は、三綱其の日限給へ。

とあることを挙げた上で、『霊異記』下巻第六縁の説話について次のように述べている。

「根本説一切有部毘奈耶薬事」や「僧尼令」などを盾にとって打ち出すのなら、弟子は檀越に魚のことをかくす必要はなかった。話の中で、弟子は真実を語っても、それが認められぬことをよく知っていたからかくしたのである。仏教者の病中の肉食が、たとえ、立て前として認められていようと、それを認めたくないとする一般の本音を語り手も見て取っているのである。(1)

藤森氏の指摘のように、病中の魚食が経や法律の許すところであれば、なぜ弟子は堂々と魚を買い求めなかったのであろうか。「認めたくないとする一般の本音」とは、どういうものだったのであろうか。

それは、大乗仏教では、小乗よりも食肉が厳しく戒められていることに理由があるのではないか。多くの大乗経典で食肉を固く禁じており、たとえば、北本『涅槃経』巻第四には「肉を食する者は、大慈の種を断ず」として、三種の浄肉でも食すべからざる事が説かれている。『入楞伽経』巻第八の遮食肉品においては、仏は十四の理由を挙げて

食肉の罪過を説き、『法苑珠林』巻第九十三では、食肉の十過を挙げている。

食肉の薬効を説く『根本説一切有部毘奈耶薬事』は小乗部経典で、『僧尼令』は小乗戒を基盤にした唐の『道僧格』を参考に作成されたといわれているが、景戒の時代、すなわち奈良朝後期から平安朝初期の日本仏教界では、大乗菩薩思想の気運が高まっていた。そのために、仏教者全般の食肉に対する禁忌意識も強化されていたのではないだろうか。

代表的な大乗戒の一つである『梵網経』の梵網戒では、十重禁四十八軽戒の第三軽戒が食肉戒である。

> 若《なん》ぢ仏子、故《ことさら》に肉を食せんや。一切の肉は食することを得ざれ。夫れ肉を食せば、大慈悲の仏性の種子を断ず。一切衆生は見て捨て去らん。是故に一切の菩薩は、一切衆生の肉を食することを得ざれ、肉を食せば無量の罪を得。若し故に食すれば軽垢罪を犯ず。
>
> （『梵網経』巻下、第三食肉軽戒）

肉食は「大慈悲の仏性の種子を断ず」る罪悪とされている。梵網戒では、第二十不救存亡軽戒でも殺生食肉を制しており、生き物を殺して食べるということは、自分の父母を殺すこと、また自分自身を殺すことと同じであると説いている。

> 若ぢ仏子、慈心を以ての故に放生の業を行ずべし。一切の男子は是れ我父、一切の女人は是れ我母、我生生に是に従って受生せざること無し。故に六道の衆生は皆是れ我父母なり。而るを殺し而も食せば、即ち我父母を殺し亦我故身を殺すなり。
>
> （『梵網経』巻下、第二十不救存亡軽戒）

こうした大乗経典の中で、『文殊師利問経』は、肉食の許容を説く異色の経典である。上巻菩薩戒品において、文殊菩薩と仏が、菩薩の二十三の戒について問答している。その中で仏は、食肉・食五辛・飲酒・塗油に関しては、例外があることを述べている。

仏は、自分のために殺したものではなく、材木の如きもので腐乱した肉ならば食べてもよいこと、食べる時に呪文を三唱することを説く。文殊菩薩はそれに対して、「象亀経・大雲経・指鬘経・楞伽経等の諸経は何の故に（食肉を）断つや」と問う。仏は、諸経は人々の殺害の意を断ずるために食肉を禁じているのであるから、「若し能く害心を懐かず、大慈悲心ありて一切衆生を教化せんが為めの故ならば過罪有ること無し」と述べる。つまり、仏は『文殊師利問経』において、小乗戒律のように、三種の浄肉であったり、病気の時ならば許されるというのではなく、大慈悲心による衆生教化のためならば、食肉も許されると説いているのである。

『日本霊異記』下巻第六縁において、禅師の魚食は、大僧が身を養い仏道修行を続けるためのものであった。景戒は、「法の為に身を助くれば、食物に於きては、毒を雑へたるものを食ふといへども甘露と成り、魚の宍を食ふといへども罪を犯すにあらず」と記している。肉食の可否について、その肉が浄肉であるかどうかは一切問題にしていない。病気であるということを、免罪符にもしていない。『日本霊異記』の語る「法の為に身を助くれば」「罪を犯すにあらず」という理屈は、『文殊問経』の「大慈悲心ありて一切衆生を教化せんが為めの故ならば過罪有ること無し」に通じているのではないだろうか。説話では、吉野海部峯の大僧が「大慈悲心」ある聖であったために、魚が経典に変化する奇跡が起こったと考えてよいと思われる。

三

食肉を可とする『文殊師利問経』とは、どういう経典なのか。

漢訳は天監十七年（五一七）、扶南国（カンボジア）の僧伽婆羅（四六〇〜五二四）による。六世紀初頭、扶南国の僧曼陀羅仙は、扶南国から梁に梵本経典類を奉献し、その訳出を伽婆羅とともに行った。曼陀羅仙亡き後は伽婆羅が訳出を引き継ぎ、十一部の経典を漢訳した。その中の一部が、『文殊師利問経』二巻であるという。

静谷正雄氏は、『文殊師利問経』にみられる食肉の記述や「檳榔」の語句などから、南インド、マレイ半島、扶南を結ぶ一線に本経の流伝の道があったのではないかと考えており、食肉の記述に関しては次のように述べている。

> 断肉が力説されるのは其が盛に行はれた反証と見ることができるが、本経が楞伽等と異って調和的態度に出ているのも亦、其成立に於て所謂世俗に応ぜざるを得なかった程食肉が慣習化してゐたことを物語ると見得る。(2)

扶南仏教では、文殊菩薩を世尊の代理人、仏法の相続者として認めていたといわれ、伽婆羅の訳出経典の中に『文殊師利所説般若波羅蜜経』もある。及川真介氏は次のように述べている。

> 五〇〇年代前期の南海仏教について考察し、また世尊の法の後継者として出家菩薩たる文殊菩薩を指導者に仰ぐ教団を考究する時、この『文殊師利問経』と婆羅訳の諸経はまことに貴重な資料である、と考えるものである。

（『新国訳大蔵経』文殊経典部1『文殊師利問経』解題）

『文殊問経』の正倉院文書の初出は、天平十一年七月十二日付文書の後の「丸部島守写文殊問経二巻」という記録（『大日本古文書』七）である。『文殊師利問経』の書名は正倉院文書にほかにも十数か所にみえ、奈良時代に流布していた様子がうかがわれるため、景戒が『文殊師利問経』を読んだり、聞き知る機会があったと考えて問題はないと思われる。

また、『文殊師利問経』の食肉を可とする経文はよく知られていたらしく、『法苑珠林』巻第九十三酒肉篇食肉部や『諸経要集』巻第十七酒肉部食肉縁、『梵網経古迹記』などにも引用されている。景戒は耳学問が多かったといわれているが、『諸経要集』及び『梵網経古迹記』は、ともに景戒の所用経典であったと考えられている。(3)『梵網経古迹記』は新羅法相宗の太賢による著で、興福寺法相宗の僧善珠（七二三〜七九七）の著作に『梵網経古迹記』に依拠した『梵網経略疏』がある。新羅法相宗の流れを汲む『梵網経』解釈は、奈良時代後期の法相宗の宗学であったと考えることができる。(4)

『文殊師利問経』食肉戒の該当箇所は、抄文のかたちで『梵網経古迹記』食肉戒の注解に引用されている。景戒は、『梵網経古迹記』を介して、『文殊師利問経』食肉戒の文句を受容していた可能性がある。

『梵網経古迹記』における『文殊師利問経』からの引用は、梵網十重禁戒の第二劫盗人物戒と第三無慈行欲戒、四十八軽戒の第二飲酒戒・第三食肉戒・第四食五辛戒の五か所にみられる。

以下に挙げる『文殊師利問経』菩薩戒品の文章のうち、傍線部ＡＢＣが、『梵網経古迹記』の次の部分に引用されている。

傍線部A1～4↓『梵網経古迹記』第三食肉軽戒の注解に引用。
傍線部B↓『梵網経古迹記』第四食五辛軽戒の注解に引用。
傍線部C↓『梵網経古迹記』第二飲酒軽戒の注解に引用。

[A1]「若し已れの為めに殺すならば噉《く》らふことを得ず。若し肉の材木の如くにして已に自ら腐爛したるを食はんと欲さば食ふことを得。文殊師利よ、若し肉を噉らはんと欲する者は諸において此の呪を説け。多姪吔（此の言は如是なり）阿捺摩阿捺摩（此の言は無我無我なり）、阿視婆多阿視婆多（此の言は無寿命無寿命なり）、那舎那舎（此の言は失失なり）、陀呵陀呵（此の言は焼焼なり）、婆弗婆弗（此の言は破破なり）、僧柯慄多（此の言は有為なり）、弭莎呵（此の言は除・殺・去なり）。

此の呪を三説せば乃ち肉飯を噉らふことを得、飯も亦た応に食ふべからず。何を以ての故に。若し思惟無ければ飯は応に食ふべからざるが故に、何を呪してか当に噉ふべしや」と。

爾の時、[A2]文殊師利、復た仏に白して言さく、「世尊よ。若し肉を食ふことを得とせば、象亀経・大雲経・指鬘経・楞伽経の諸経は何の故にことごとく（食肉を）断つや」と。

仏、文殊師利に告ぐ、「深き広き江の彼岸を見ざるが如し。若し因縁無くば則ち渡ることを得ず。若し因縁有らば汝当に渡るべしや不や」と。

文殊師利、仏に白して言さく、「世尊よ。我れ当に渡るべし。或いは船を以てし、或いは筏を以てし、或いは余の物を以てせん」と。

[A3]仏、復た文殊師利に告ぐ。「衆生は慈悲の力無きを以て殺害の意を懐く。此の因縁の為の故に食肉を断つなり。

文殊師利よ。衆生の糞掃衣を楽しむ有り。我糞掃衣を説く。是くの如くに乞食し、樹下、露地に坐し、阿蘭若・塚間に坐し、一食にして時を過ぎて食はず、遇《たま》たま住処三衣等を得るなり。A4彼れを教化せんがために我れ頭陀を説く。文殊師利よ。若し衆生に殺害の心有れば、彼の心の為めの故に当に無数の罪過を生ずべし。是の故に我肉を断つなり。若し能く害心を懐かず、大慈悲心ありて一切衆生を教化せんが為めの故ならば過罪有ること無し。B蒜を噉ふことを得ず。若し因縁有れば噉ふことを得。若し薬に合ひて病を治すなれば則ち用ゐることを得。C酒を飲むことを得ず。若し薬に合ひて医師の多薬と相和するを説く所なれば、少《わづ》かの酒と多薬とを用ゐることを得。

（『文殊師利問経』巻上、菩薩戒品）

『日本霊異記』下巻第六縁の魚食僧説話は、前掲『文殊師利問経』二重傍線部「若し能く害心を懐かず、大慈悲心ありて一切衆生を教化せんが為めの故ならば過罪有ること無し」を参照して解釈することができるであろう。

四

『日本霊異記』下巻第六縁は、食肉の可否を問うことではなく、僧に対する「俗の謗り」を戒めることを主眼としている。魚は経典に化し、また魚に戻った。こうした奇跡を目の当たりにした俗人は、自分が「愚癡邪見」であったことを悔い、僧を大師として崇めて供養するようになった。

この説話が聞き手に教え示すことは、たとえ破戒僧であっても、決してその罪をとがめてはいけないという戒めである。どのような僧であっても、僧として敬えというのは、『日本霊異記』の中で繰り返し語られているテーマである。

袈裟を著たる類は賤しき形なりとも恐りざるべからず、身を隠せる聖人其の中に交るが故なり、と。

（中巻第一縁）

自度の師たりといへども、なほし忍の心をもちて覵《み》よ。身を隠せる聖人、凡の中に交るが故に。

（下巻第三十三縁）

俗人は、出家の姿をした者を必ず敬わなければならない、なぜなら、その中に必ず、「身を隠せる聖人」が交わっているからだというのである。我々に真の姿は見えなくても、日常世界の中に必ず「身を隠せる聖人」は存在していて、我々を導き救ってくださるのだという信仰である。

『日本霊異記』上巻「聖徳太子異《あや》しき表《しるし》を示す縁」第四にも、破戒にかかわる一文がある。この説話の前半は、聖徳太子と乞食者の説話、後半は円勢と願覚という僧の説話で、その末尾部分で破戒について言及されている。

大和国蔓木の高宮寺に百済国の円勢師が住んでいた。寺の坊に、願覚という僧がいた。願覚は毎朝里に出かけ、夕方坊に戻ってきた。円勢師の弟子の優婆塞はそのことを師に告げたが、師は何も言うなと言った。優婆塞が坊の壁に穴を開けて覗くと、部屋の中は願覚が放つ光で輝いていた。願覚は死んだ後火葬にされたが、後日、優婆塞は、死んだはずの願覚が近江で生きていると聞いた。近江に訪ねて行ってみると、はたして願覚本人がいた。説話は、次のように結んでいる。

当に知るべし、是れ聖の反化なることを。五辛を食むことは、仏の法の中に制む。而れども聖人用食むときは罪を得る所無し。

「五辛」は、葱・蒜・大蒜・革葱・韮、または興渠などの辛草で、古来仏教徒が食すことが禁じられており、梵網戒にも食五辛戒（第四軽戒）がある。傍線部の「五辛を食《は》むことは、仏の法の中に制《いまし》む。而れども聖人用《もちゐ》食むときは罪を得る所無し」は、下巻第六縁の「魚の宍を食ふとも罪を犯すにあらず」に通じる論理である。上巻第四縁も下巻第六縁と同様に『文殊師利問経』による解釈だとすると、『日本霊異記』では、「聖人」であることを、前掲『文殊師利問経』傍線部Ｂ「蒜を噉ふことを得ず。若し因縁あれば噉ふことを得」の「因縁」として考えているということになる。

上巻第四縁の願覚のように、死んだはずなのに別の場所で生きている者は、神仙思想で「尸解仙」という。尸解仙説話の結語に五辛戒についての言及があるのが唐突に思われるが、下巻第六縁などと同じように、俗人が僧の不審な行動や破戒をとがめることを戒めているのである。

五辛戒にかかわる聖人伝説は、中国五台山にもあったようである。五台山は古くから文殊菩薩の霊地として信仰されていた地である。円仁『入唐求法巡礼行記』巻第三、開成五年（八四〇）七月二日の記事に、北魏の高祖孝文帝が五台山を訪れたとき、文殊菩薩が僧に化して現れたという伝説が記されている。

昔、孝文皇帝の五台に住して遊賞す。文殊菩薩化して僧形と為り、皇帝に従ひて一座具の地を乞ふ。皇帝之を許す。其の僧許され已りて一座具を敷きて五百里の地を満す。皇帝恠みて云ふ、朕は只だ一座具の地を許せしに、此の僧一座具を敷きて五台に遍満するは大奇たり。朕共に此処に住す要《べか》らず、と。遂に葱韮を以て五台裏上に散じ、便ち山を出でて去る。其の僧、後に在りて零凌香子を将ちて葱韮の上に散じて臭気無からしむ。今見るに台毎に遍く葱韮を生ずれども惣べて臭気を聞かず。零凌香ありて台を満して生茂し、香気氛氳たり。相伝へて云ふ、五台五百里は一座具を敷けるの地なり、と。

「葱韮」は韮《にら》で、「零凌香」は蘭の一種であるという。孝文帝が捲いた葱韮の上に、僧形であらわれた文殊菩薩が零凌香を散じて以来、五台山の葱韮には臭気がないという。

円仁以前に、奈良時代にも五台山巡礼を果たした僧等がいる。興福寺法相宗の霊仙と行賀である。『宋史』によると、延暦十一年（七九二）に、五台山で仏法を礼した。(5)

次白壁天皇二十四年、遣二僧霊仙行賀入唐、礼五台山仏法。

（『宋史』巻四五一）

霊仙はそのまま五台山にとどまり生涯を終えたが、行賀は在唐三十一年の後に帰国したといわれる。(6)景戒は、行賀のような留学僧や渡来僧から、五台山の伝説を聞く機会があった可能性がある。聖人と五辛戒は連想で結びついていたのかもしれない。

上巻第四縁や下巻第六縁は、『日本霊異記』の「袈裟を著たる類は賤しき形なりとも恐りざるべからず、身を隠せる聖人其の中に交るが故なり、と。」（中巻第一縁）という文脈の中で語られている。挙動不審の願覚や、魚食の僧を、優婆塞や俗人たちは怪しんだが、奇跡を目の当たりにして、己の愚かさを恥じることになる。食肉や五辛などの軽戒の「破戒」と、それにともなう「奇跡」は、『日本霊異記』では「隠身の聖人」の証として語られている。

五

『梁高僧伝』巻第十、釈保誌伝には、食べた膾の魚を生き返らせたという挿話がある。

誌、常に盛冬袒にて行く。沙門宝亮、衲衣を以て之に遣らんと欲す。未だ発言するに及ばざるに、誌忽ち来り衲衣を引きて去る。又時に人に就きて生魚の鱠を求む。人為めに弁じ覓むれば、飽を致して乃ち去る。還って盆中を視るに、魚の游活すること故の如し。

ほかに、『捜神記』巻第十三「余腹」などにも類話があることが指摘されている。(7)『日本霊異記』下巻第六縁は、そうした魚食僧伝承の流れを汲んでいるのであろう。『梁高僧伝』や『捜神記』では、魚を食べた僧の神通力により魚が生き返る霊験譚であるが、『日本霊異記』では、魚がそのまま『法華経』に変じるという経典霊験譚である点が相違している。

魚食僧伝説は、二つの系統に分けることができる。食べた魚が生き返るという系統と、魚が経典などに変化する系統である。(8)

『梁高僧伝』や『捜神記』のような食べた魚が生き返る系統の説話は、行基伝承に取り込まれた。

昔諸国に修行して故郷に帰るに、里人大小、海の辺に会ひ集りて、魚を捕りてこれを喫ふ。菩薩その処を過ぐるに、年少放蕩の者相戯れて、魚の膾をもて菩薩に薦めぬ。菩薩これを食して、須臾に吐き出すに、その膾変じて小魚となれり。見る者驚き恐れたり。（『日本往生極楽記』行基伝）

行基の魚食伝説は、各地で片目または片身の魚の伝説としても語られるようになった。また、魚がよみがえったり、変化したりするのではないが、柳田国男「鯖大師」（『昔話覚書』）によると、徳島県に次のような伝説があるという。阿波の八阪八浜の辺りで、旅僧（行基）が、塩鯖を馬に負わせた男に、鯖を一匹所望した。しかし、男は鯖をやらず悪口を浴びせて行こうとすると、僧が一首の歌を詠んだ。

大阪や八阪阪中鯖一つ、行基にくれで馬の腹病む

その途端、馬が患いついて一歩も歩かなくなった。男が詫びて鯖を献じると、僧は歌の四句目の「くれで」を「くれて」に、五句目の「腹病む」を「腹止む」にして歌を詠んだ。すると忽ち馬が平癒した。

柳田国男はこの伝説が九州では鯖大師という信仰になっていることを記し、「山路と鯖と旅の宗教家との縁の遠い三つを、初めて結び合わせたのは何人の思い付きであろうかという点」の意味が深そうであるとして、「海岸の住民が魚を捕って、これを内陸の農産物と交易に行くのには、昔は堺の神を祭り魚を供える風があった」のが、行基伝説に結びついたのではないかと述べている。

食べた魚が生き返る系統の魚食僧伝説は、食べた魚が蓮葉になるという型もあり、『本朝神仙伝』近江国志賀郡の

教待和尚伝、『古今著聞集』の三井寺縁起などがある。

もう一つの、魚が経典に化する系統の説話である『霊異記』下巻第六縁は、『三宝絵』巻中、『今昔物語集』巻第十二、『本朝法華験記』巻上、『元亨釈書』釈広恩伝などに書承されている。

『三宝絵』では弟子が僧に「又身を助けて道を行ふは、仏の説き給ふ所也。病僧には許し給ふなり。売るを買うは罪軽かなり」と説得をして、魚を買いに行く。『法華験記』では、弟子が僧に「魚の類を買い求めて、薬として食せられよ」と勧める。僧が自発的に魚を食べようとしたのではないと、破戒行為に対する合理的説明が加えられており、聖人奇跡譚としては生彩が失せている。伝承される段階で、たとえ破戒僧であっても、「身を隠せる聖人其の中に交るが故」に決して出家者を誘るなという『日本霊異記』の訓戒が失われたせいであろう。そのかわりに、『三宝絵』では、弟子が「法華一乗、我を助け給へ」と祈り、『法華験記』には「これ実に魚なりといへども、聖人の徳により、経の威力によりて、魚経巻に変じたり」とあり、法華経の霊験に説話の力点が置かれるようになったようである。

この系統の伝説として、僧が母のために蛸を買ってきたが、人に見とがめられた時、薬師菩薩の助けによって、蛸の八本の足が法華経八巻になったという京都円通寺の蛸薬師伝説などもある。

そのほかに、東大寺の鯖売翁の伝説も名高い。『今昔物語集』巻第十二「東大寺、花厳会を行へる語」第七によると、東大寺大仏開眼供養の日に、鯖を担いだ翁が現れた。天皇は夢のお告げの通りに、その翁を供養の読師にした。供養が終わると翁は消え、鯖は『華厳経』八十巻に変じていた。この説話は、『東大寺要録』、『本朝新修往生伝』三十九、『宇治拾遺物語』巻上などにもみえる。

『新日本古典文学大系』上巻第四縁注に指摘があるように、両方の系統に共通して、文殊菩薩に関わりのある説話が多い。行基は文殊菩薩の化身とされており、東大寺の鯖売翁が文殊菩薩の化身であったと伝える説話もある。魚が化した『法華経』『華厳経』も、文殊菩薩が主要な位置を占めている経典である。

三国遺事・五に一居士に化した文殊菩薩が乾魚をもってあらわれて憬興をたしなめたことがみえ、本朝新修往生伝・三十九に文殊の化身たる老翁が鯖をになって登場したことがみえる。文殊の化身たる行基に膾を口中に入れて吐いたところ魚となったという説話が存することも合わせ考えるならば、文殊菩薩にかかわる魚食伝承が存したことが推測される。

（『新日本古典文学大系30　日本霊異記』上巻第四縁脚注）

魚食僧伝説がいつ、どこで生まれたのかは定かでないが、文殊菩薩と魚食伝承が結びついた機縁には、『文殊問経』の存在があったように思われる。食肉が全面的に禁じられている大乗経典の中で、『文殊問経』はその許容を説く経典として知られている。『文殊問経』食肉戒において、仏は文殊菩薩の問いに対して、大慈悲心が制戒にまさることを答弁している。仏の教えを受けた文殊菩薩が、仏の代弁者としてこの世に現れ、魚食の奇跡を示したのだと考えられるようになったのであろう。

梵本『文殊問経』は、前述のように、扶南国から南洋にかけて伝えられた経典と考えられている。魚食文殊は、南洋の国々から中国、朝鮮半島、日本へと『文殊問経』が伝播してきた地域の中で、魚食の習慣と仏教戒律との葛藤が生じた土地に姿をあらわしてきたのではないか。景戒が魚食僧説話に『文殊問経』の経説を参照したのは、日本においても、魚食僧伝説が、『文殊問経』の教えとともに伝えられたからではないだろうか。

『文殊問経』は、『梵網経古迹記』や『法苑珠林』などに引用されているように、上巻の菩薩戒品が読まれることが多かったものと思われる。文殊部経典は奈良時代にほとんどが伝来、書写読誦されていたようで、その中には『文殊問経』以外にも戒律に関するものがいくつかある。

六

正倉院文書には、宝亀三年（七七二）に「大乗律」二帙の写経が行われた記録が残っている。天平勝宝三年（七五一）の道璿の律師就任や天平勝宝六年の鑑真の渡来をきっかけに、梵網戒及び『梵網経』が急速に普及したが、(9) この文書は、奈良時代後期に大乗戒律研究が盛んであったことを示唆している一例である。

常乙足解　申請筆事「返上了」
　号写紙一百九十二張
大乗律雑第二帙　菩薩内戒経一巻廿　優婆塞解五戒威儀経一巻十八　文殊師利浄律経一巻十六
清浄毘尼房広経一巻廿　　大乗三聚懺悔経一巻十五
大乗律雑第一帙　梵網経二巻上廿一下廿二　　仏蔵経第一廿二廿四四十六
　宝亀三年十一月廿九日
「充筆一箇」　「(水通筆) 勘大和水通」

（『大日本古文書』二十）

これらの経典のうち、『菩薩内戒経』は、仏と文殊菩薩が戒律について問答するもので、『文殊師利浄律経』(西晋竺法護訳)は、文殊菩薩が大乗の律を説く経典である。『清浄毘尼房広経』はおそらく『清浄毘尼方広経』(後秦鳩摩羅什訳)で『文殊師利浄律経』の異本である。『文殊師利浄律経』は正倉院文書に書名が多数みられ、当時よく読まれていたらしい。

このように、『文殊問経』のほかにも、戒律と文殊菩薩が関わっている経典類は多い。文殊菩薩は弥勒菩薩とともに大乗経典を結集したとされ、大乗仏教の歴史とともにある菩薩である。文殊菩薩は智恵の菩薩、衆生救済の菩薩としての面をもっているが、(10)大乗戒律を説く菩薩としての姿もある。

そこで想起されるのが、最澄の文殊菩薩崇拝である。最澄は、唐の不空の「天下の寺の食堂の中に文殊上座を置くの制」にもとづいて、中国五台山に文殊菩薩が鎮在して兆民に福を与えていること、故に、天下の寺院の食堂に、賓頭盧の上に文殊菩薩の像を上座として置くべきことを述べた。

凡そ仏寺の上座に大小に二座を置く。
一には一向大乗寺　文殊師利菩薩を置きて、以て上座となす。
二には一向小乗寺　賓頭盧和尚を置きて、以て上座となす。
三には大小兼行寺　文殊と賓頭盧の両の上座を置き、小乗の布薩の日は、賓頭盧を上座となして、小乗の次第に坐し、大乗の布薩の日は、文殊を上座となして、大乗の次第に坐す。この次第の坐、この間に未だ行はれず。

(『山家学生式』「天台法華宗年度分度者回小向大式(四条式)」)

布薩は、半月毎に戒本を読誦して、懺悔して身を清らかに保つという儀式である。


凡そ仏の受戒に二あり。

一には大乗戒。

普賢経に拠って三師証等を請ず。

釈迦牟尼仏を請じて、菩薩戒の和上となす。

文殊菩薩を請じて、菩薩戒の羯磨阿闍梨となす。

弥勒菩薩を請じて、菩薩戒の教授阿闍梨となす。

十方一切の諸仏を請じて、菩薩戒の証師となす。

十方一切の諸菩薩を請じて、同学等侶となす。（中略）

故に法華経に、二種の菩薩を列ぬ。文殊師利菩薩・弥勒菩薩等は皆な出家の菩薩、跋陀婆羅等の五百の菩薩は皆なこれ在家の菩薩なり。（同）

傍線部の「羯磨阿闍梨」とは、受戒の際の行事作法を実行する師である。最澄は文殊菩薩を菩薩戒の師と考えていたこと、そして、文殊菩薩像は通常有髪の菩薩形で造形されるが、この場合の文殊師利菩薩は「出家」（僧形）として考えられていたことが知られる。

『顕戒論』巻中「文殊の上座を開顕する篇」第三では、『梵網経古迹記』の以下の部分を引いている。

又聞く、西国の諸小乗寺には賓頭盧を以て上座と為し、諸の大乗寺には文殊師利を以て上座と為す。衆を合して同じく菩薩戒を持し、羯磨説戒、皆菩薩の法事を作し、律蔵誦して絶えずと。（『梵網経古迹記』巻上）

「西国」つまり西域の諸大乗寺では、文殊菩薩を上座として、羯磨説戒などの法事を行っているというのである。『梵網経古迹記』以前に著された法蔵『菩薩戒本疏』にも同文があり、『梵網経古迹記』は『菩薩戒本疏』に拠ったものと思われる。奈良時代後期の『梵網経』注疏類の普及状況からみて、文殊菩薩を戒律の師とする信仰は、日本においても『山家学生式』以前にすでに受容されていたと推測される。

菩薩戒の師とされる文殊菩薩であるが、一方で魚食伝説も語り伝えられてきた。矛盾する二つの姿のようだが、文殊菩薩は、「十二億劫、生死の罪を除却」（『文殊師利般涅槃経』）する菩薩である。菩薩戒はあまねく慈悲救済を根本とする。食肉などの破戒行も、「大慈悲心ありて一切衆生を教化せんが為の故ならば、過罪有ること無し」（『文殊問経』）であるということを、魚食文殊は自らの破戒行と奇跡によって人々に知らしめているのだといえよう。

七

『日本霊異記』上巻第五縁に、行基は「文殊師利菩薩の反化」とある。行基は生前から「菩薩」と称されていたが、『日本霊異記』編纂の頃までに、文殊菩薩の化身として崇拝されるようになった。吉田靖雄氏は、五台山の文殊菩薩の「出家比丘形の修行者であること、彼の菩薩行は三宝と衆生に食物を飽食せしめること」が、行基に共通するためと推測している(11)。

出家比丘形の文殊菩薩は、戒律の師としての文殊菩薩にも通じている。文殊菩薩の化身と仰がれるようになった行基は、菩薩戒興隆の時代において、菩薩戒の師たる姿も求められるようになったのではないか。

『日本霊異記』の行基は、神通力を駆使して人々を教化する一方で、戒律の師・文殊菩薩を彷彿させる場面も見せる。中巻第七縁の行基は、智光の懺悔を受け、ただ黙然して微笑んだ。その姿は、寺院の半月毎の布薩において上座に据えられ、衆僧の懺悔を受け入れる文殊菩薩像に重なる。中巻第八縁では、蛇と結婚を約束してしまった置染鯛女に、「ただし堅く戒を受けよ」と、三帰五戒を授けた。

後に、行基の魚食放生伝説も語られるようになり、ほかにも、民衆救済の聖人としてさまざまな行基伝説が日本各地に流布した。文殊の化身行基が、文殊菩薩が説く慈悲と救済の思想を体現し、全国に運び伝えたのだともいいかえられよう。

鯖大師伝説における「山路と鯖と旅の宗教家との縁の遠い三つ」（柳田『昔話覚書』）の結びつきとは、峠や辻の神という土着の信仰と、魚食文殊信仰との邂逅といえる。南洋の文殊信仰に起源を求められる魚食文殊信仰は、鯖大師信仰として、四国や九州の山間や海辺の村まで行き着いたのである。

注

（1）藤森賢一「魚を食う僧―霊異記下巻六縁考」（『密教文化』一号、一九四七年一月）。寺川真知夫氏は、下巻第六縁について、吉野の山林修行者らの魚食擁護の思想が核にあり、「民間布教活動に従事し、山林修行者にも共感を示す薬師寺下級僧の一員たる景戒が、山林修行者が自己弁護のために形成した説話を、桓武朝の仏教政策ともかかわらせつつ、彼独自の聖人に対する関心から、説話展開の面白さにも配慮を加えつつ改変したものと考ええる」と述べている（『日本国現報

善悪霊異記の研究』第四章、和泉書院、一九九六年）。

（2）静谷正雄「扶南仏教考」（『支那仏教史学』第一巻第一号、一九三七年七月）。

（3）禿氏祐祥「日本霊異記に引用せる経典について」（『仏教研究』第一巻第二号、一九三七年七月）参照。

（4）本書第一部第五章参照。食肉戒について『梵網経略疏』では、『梵網経』に従って一切禁止の解釈をしている。

（5）白壁（弘仁）天皇は在位十一年だが、「白壁二十四年」とすると延暦十二年（七九三）。『法相髄脳』などによると、興福寺僧霊仙の入唐は延暦二十二年（八〇四）、行賀の入唐は天平勝宝四年（七五二）とされている。

（6）霊仙は、大和二年（天長四年）以前に五台山で何者かに薬殺されたという（円仁『入唐求法巡礼行記』巻第三）。拙稿「東大寺諷誦文稿の成立年代について」（『国語国文』第六十巻第九号、一九九一年九月）参照。行賀の帰国は『興福寺別当次第』に「在唐三十一年」とあるので、延暦三年（七八四）頃と考えられるが、天平宝字四年（七六〇）から宝亀十年（七七九）頃との説もある（富貴原章信『日本唯識思想史』大雅堂、一九四四年）。

（7）河野貴美子『日本霊異記と中国の伝承』第八章（勉誠社、一九九六年）参照。

（8）松田幸子氏は、二〇〇四年度成城大学文芸学部卒業論文「魚を食べる僧」において、この二つの系統を「放生系」と「変化系」に分類している。

（9）本書第一章注（8）、第一部第五章参照。

（10）吉田靖雄氏によると、中国の文殊伝承は発生過程から三類型に分けられ、日本の文殊信仰もほぼ合致するという。第一は維摩経、第二は華厳経、第三は密教から生じたものである。文殊会成立以前における日本の文殊信仰も、ほぼこの三類型に発するものであった（『日本古代の菩薩と民衆』吉川弘文館、一九八八年）。本書第二部第一章参照。

（11）吉田靖雄前掲書注（10）参照。

第五章　善珠撰『梵網経略疏』と『日本霊異記』―『梵網経』注疏の受容について―

一

『日本霊異記』最終話、下巻「智と行と並び具はる禅師重ねて人身を得国皇の子に生るる縁」第三十九は、初めに僧善珠の経歴が語られる。

釈善珠禅師は、智と行を具えた高僧で、僧正を任ぜられた。延暦十七年、命終の時に臨んで飯占《いひうら》を問うと、卜者に乗り移って、桓武天皇の皇子に生まれ変わることを予言した。翌年、桓武天皇の第十一子が誕生したが、善珠と同じ場所に大きな黒子があり、予言通り善珠の生まれ変わりであったという。

> 釈善珠禅師は、俗姓は跡連《あとのむらじ》なり。母の姓を負ひて跡氏《あとのうじ》と為る。幼き時に母に随ひて大和国山部郡磯城島《しきしま》村に居住《す》む。得度し精懃《つと》めて修《おこな》ひ学びて、智と行と双《ふたつ》ながら有り。皇臣に敬はれ、道俗に貴ばる。法を弘め人を導き、以ちて行業とす。是を以ちて天皇、其の行の徳を貴び、拝ひて僧正に任《ま》く。而うして彼の禅師の頤《おとがひ》の右の方に大なる黶《ふすべ》あり。平城宮に天下治めたまひし山部天皇の御世の延暦十七年の比頃に、禅師善珠命終る時に臨みて、世俗の法に依りて飯占を問へる時に、神霊卜者に託《つ》きて言はく「我れかならず日本国王の夫人丹治比《たぢひの》嬢女《をみな》の胎に宿

りて、王子《みこ》に生まれむ。吾が面に黶著きて生れむ。以ちて虚実を知るのみ」といふ。命終りて後に、延暦十八年の比頃に、丹治比夫人一人の王子を誕生《う》みたまふ。其の頤の右の方に黶著けること先の如し。善珠禅師の面の黶失せずして著きて生れたまふ。故に名けて大徳親王と号す。然うして三年ばかりを経て世に存りて薨《みまか》りたまふ。飯占を問へる時に、大徳親王の霊、卜者に託きて言はく「我は是れ善珠法師なり。暫《しばら》く間国王の子に生る。吾が為に香を焼き供養せよ」とのたまふ。是の故に当に知るべし、善珠大徳、重ねて人の身を得て人王の子に生れたまふ、と。内教に言はく「人家々《にんけけ》」とは、其れ斯れを謂ふなり。是れまた奇異《あや》しき事なり。

（『日本霊異記』下巻第三十九縁）

この説話の後半は、寂仙菩薩と称された浄行の禅師が、嵯峨天皇として生まれ変わったという転生譚である。善珠は、「法を弘め人を導き」、桓武天皇にその行業をみとめられ僧正に任ぜられた。『日本霊異記』を代表する高僧行基も、「法を弘め迷を化へ」（中巻第七縁）、聖武天皇に大僧正に任ぜられた。その点において、善珠は行基に匹敵するほどの高僧であるが、この世の生を終えてから菩薩として金の宮に生まれたという行基とは異なり、善珠は、皇子とはいえまた人の身として生まれたという。しかし、菩薩の化身行基とは大きい差があるとはいえ、六道輪廻の中で、人の身は非常に得難いものとされている。『日本霊異記』には、

内教に言はく「人家々」とは、其れ斯れを謂ふなり。（傍線部）

とある。狩谷棭斎『日本霊異記攷証』に、「人家々」とは『倶舎論』の教説であることが指摘されている。

応に知るべし。総じて二種の家家有り。

一には、天家家なり。（中略）二には、人家家なり。謂はく、人趣に於いて三・二家に生じて円寂を証するものなり。或は一洲処に或は二、或は三あるなり。

（『阿毘達磨倶舎論』巻第二十四、分別賢聖品）

「家家」とは、『阿毘達磨倶舎論』によると十八有学（十八種の聖人）の一種で、その中に二種の家家（天家家・人家家）がある。「天家家」は欲界六道の中の天に二生または三生して円寂（涅槃）に入る者、「人家家」は人間界に二生または三生して円寂に入る者のことである。『日本霊異記』は、善珠が再び人として生れたことを、「人家家」の聖人として解釈しているのである(1)。

善珠は、『日本霊異記』下巻三十五縁にも登場する。桓武天皇が、物部古丸の供養のための大法会の講師として善珠を勧請した。桓武天皇に重用されていた様子を伝えている。

善珠の伝記は、『扶桑略記』、『類聚国史』（仏道十三）などにも記されている。善珠は、養老七年（七二三）に生まれ、興福寺僧玄昉に師事し、唯識・因明を学んだという。『扶桑略記』の卒伝（延暦十六年四月二十一日）には、善珠が玄昉と藤原宮子との間に生まれた子という「流俗」の言があると記している。中川久仁子氏は、善珠が玄昉と同じように、護持僧として宮廷の奥深くに入り込み、桓武天皇らと親密な関係にあったために生まれた流言だったのではないかと推測している(2)。

善珠の著作は、『唯識了義灯増明記』『成唯識論述記序釈』などの唯識関係のほか、『無量寿経賛抄』『梵網経略疏』など、多数にわたる。山口敦氏は、『東域伝灯目録』『諸宗章疏録及増補』を参照し、日下無倫氏の調査を一部改変して、二十二部の著書を挙げている(3)。堀一郎氏が「奈良時代の最も尖端的な新訳仏教の雄、法相宗の権威であった」と評するように、[4] 奈良時代を代表する学僧であった。延暦十六年（七九七）正月、僧正に任ぜられたが、同年四月、秋篠寺で遷化。皇太子安殿親王（平城天皇）は善珠の御影像を秋篠寺に安置したという。

善珠の多数の著書の中に、『梵網経』の注釈書『梵網経略疏（梵網経略抄）』二巻がある。『日本霊異記』の中で、新羅太賢『梵網経古迹記』の引用が指摘されている箇所が数カ所あるが、その中に、本書第一章17～18頁及び注(11)・第二章35頁でも述べたように、同文が善珠の『梵網経略疏』にも見出せる箇所がいくつかある。すなわち、典拠が『梵網経略疏』である可能性もあるということである。また、ほかの『梵網経』注疏にも同文が引かれている可能性も考えられる。そのため、本章では、従来『梵網経古迹記』の引用とされている箇所について、当時のほかの主な『梵網経』注疏と比較し、再検討を行う。

二

『梵網経（梵網経盧舎那仏説心地戒品）』二巻は、上巻では菩薩の階位である四十八法門、下巻では菩薩の戒律である十重禁四十八軽戒について説示する経典である。鳩摩羅什訳とされるが、中国の偽撰との説が有力で、五世紀中頃の成立らしい。本書17・33・57・73頁でも触れたように、梵網十重禁四十八軽戒は、大乗仏教の修行者が守るべき菩薩戒として、『瑜伽師地論』の瑜伽戒とともに流布し、注疏類も多く著された。

『梵網経』の戒律は、『日本霊異記』における菩薩思想や善悪観に深く関わっている。増尾伸哉氏は『梵網経古迹記』の引用の問題から「罪」の概念に言及し、[5] 中村史氏は、『日本霊異記』のうち、原説話が梵網戒を説く例証話であったと思われる説話を指摘し、『梵網経』関係の法会の唱導の場で機能していた可能性を推測している。[6]

『梵網経』の日本への伝来は、天平五年（七三三）の正倉院文書に書名がみえることから、それ以前と考えられる。『梵網経』注釈書は奈良時代には十種以上伝来しており、天平宝字七年（七六三）七月一日付の正倉院文書（「大師恵美押勝家牒」）には、『梵網経古迹記』などの『梵網経』注釈書六種の書名がみられる。『梵網経』注釈書の中でも特に読まれたのは、天台宗・智顗の『菩薩戒義疏』二巻や華厳宗・法蔵の『梵網経菩薩戒本疏』六巻であり、『梵網経古迹記』は特に律・法相・真言宗で読まれたという。鹿苑大慈氏は、『日本霊異記』に『梵網経古迹記』の引用が多いことから「やはり『霊異記』成立の背景には、常に上代法性教学の伝統していることが認められるのである」と述べている。(7)

『梵網経』は、道璿が律師に就任する天平勝宝三年（七五一）前後から重視されるようになり、天平勝宝六年（七五四）、鑑真が渡来した時期より急激に隆盛する。同年中に、鑑真による聖武上皇の菩薩戒授戒、『梵網経』百部の書写、東大寺梵網会の創始があった。道璿は『註菩薩戒経』三巻を著し、鑑真の弟子法進も『梵網経註』を著した。律宗のみではなく、諸教団でも梵網戒への関心が高まり、法相宗の僧善珠も『梵網経略疏』を著した。

『霊異記』に『梵網経』の名は、中巻第十九縁に一度みえるだけである。しかし、前述のように、『日本霊異記』には『梵網経』の注釈である『梵網経古迹記』の引用・孫引きを指摘されている箇所が十カ所近くある。狩谷棭斎『日本霊異記攷証』に、中巻第七縁・第九縁・第十縁、下巻第四縁・第十八縁・第三十三縁の六カ所が指摘されており、その後諸注釈書等により、上巻第二十縁、下巻第二縁、下巻第十八縁の別の箇所も指摘されている。これらの九例はすべて『梵網経古迹記』巻下本末、すなわち梵網十重禁四十八軽戒の注解からの引用（孫引き）である。

それらの『日本霊異記』の用例九カ所をA～Iとする。

A　大方等経云、四重五逆、我亦能救、盗僧物者、我所不救者。（上巻第二十縁）

B　不思議光菩薩経云、饒財菩薩説賢天菩薩過故、九十一劫、常堕婬女腹中生。生已棄之。為狐狼所食。（中巻第七縁）

C　大集経云、盗僧物、罪過五逆云々。（中巻第九縁）

D　涅槃経云、雖復人獣尊卑差別、宝命重死、二倶無異云々。（中巻第十縁）

E　以怨報怨、々猶不滅。（下巻第二縁）

F　長阿含経云、以怨報怨。如草滅火。以慈報怨。如水滅火。（下巻第四縁）

G　愚人所貪、如蛾投火。（下巻第十八縁）

H　律云、弱背自婬面門。（下巻第十八縁）

I　十輪経云、薝蔔花雖萎、猶勝諸余花、破戒諸比丘、猶勝諸外道。説出家人過、若破戒若持戒、若有戒若無戒、若有過若無過、説者過出万億仏身血。所以、今此義解云、出血不能障仏道、説僧過時、壊多人信、生彼煩悩、障聖道故、是故菩薩、楽求彼徳、不楽求失。（下巻第三十三縁）

以上のA～Iについて、太賢『梵網経古迹記』と善珠『梵網経略疏』と、唐代までの主だった『梵網経』注疏の中の同文の有無を調べ、同文または類文がある場合は掲出した。調査に用いたのは以下の十二書である。（霊異記本文はゴシック体で示した）。

随・智顗説・灌頂記『菩薩戒義疏』二巻（『大正蔵』四〇）

唐・明曠刪補『天台菩薩戒疏』（『大正蔵』四〇）
唐・伝奥述『梵網経記』（『卍続蔵経』五九）
唐・法蔵撰『梵網経菩薩戒本疏』（『大正蔵』四〇）
新羅・義寂述『菩薩戒本疏』（『大正蔵』四〇）
唐・勝荘撰『梵網経菩薩戒本述記（梵網経述記）』（『卍続蔵経』六〇）
唐・智周撰『梵網経菩薩戒本疏（梵網経疏）』（『卍続蔵経』六〇）
新羅・太賢集『梵網経古迹記』（『大正蔵』四〇）
唐・法銑撰『梵網経菩薩戒疏（梵網経疏）』（『卍続蔵経』六〇）
唐・湛然撰『授菩薩戒儀』（『仏教全書』二四）
新羅・元暁造『梵網経菩薩戒本私記』（『卍続蔵経』九五）
日本・善珠撰『梵網経略疏（梵網経略抄）』（『改訂増補日本大蔵経』三四）

A **大方等経云、四重五逆、我亦能救、盗僧物者、我所不救者。**（『日本霊異記』上巻第二十縁）

C **大集経云、盗僧物、罪過五逆云々。**（『日本霊異記』中巻第九縁）

方等経華聚菩薩云。五逆四重、我亦能救、盗僧物者、我所不救。大集経云。盗僧物者罪同五逆。
（法蔵『梵網経菩薩戒本疏』巻第二、劫盗人物戒[8]第二）

何故大集盗僧物者罪過五逆。方等経云、四重五逆、我亦能救、盗僧物者、我所不救。
（太賢『梵網経古迹記』巻下本、劫盗人物戒第二）

B

不思議光菩薩経云、饒財菩薩説賢天菩薩過故、九十一劫、常堕婬女腹中生。生已棄之。為狐狼所食。（**『日本霊異記』中巻第七縁**）

又如不思議光菩薩経中。饒財菩薩説賢天菩薩過故。九十一劫常堕淫女腹中。生生棄已之。為狐狼所食。（法蔵『梵網経菩薩戒本疏』巻第三、初篇説過戒第六）

又不思議光菩薩経云。饒財菩薩説賢天菩薩過故。九十一劫常堕婬女腹中。生生已棄之。為狐狼所食。（太賢『梵網経古迹記』巻下本、談他過失戒第六）

又不思議光菩薩経云。饒財菩薩説賢天菩薩過故。九十一劫常堕婬女腹中。生生已棄之。為狐狼所食。（善珠『梵網経略疏』巻下本、談他過失戒第六）

D

涅槃経云、雖復人獣尊卑差別、宝命重死、二倶無異云々。（**『日本霊異記』中巻第十縁**）

涅槃経仏誡闍王。雖復人畜貴賤有殊。宝命重死無有異也。（義寂『菩薩戒本疏』巻上、快意殺生戒第一）

如涅槃経。仏告阿闍世王言。大王汝王宮中常勅屠羊。心初無懼。云何於父独生懼心。雖復人獣尊卑差別。宝命重死。二倶無異。（太賢『梵網経古迹記』巻下本、快意殺生戒第一）

E

以怨報怨、々猶不滅。（**『日本霊異記』下巻第二縁**）

F

長阿含経云、以怨報怨。如草滅火。以慈報怨。如水滅火。（**『日本霊異記』下巻第四縁**）

以怨報怨等瞋為因也。（伝奥『梵網経記』巻下、初殺明戒）

長寿王経云。以怨報怨。怨終不滅。（義寂『菩薩戒本疏』巻下本、第一忍受違犯戒）

長寿王経云、（中略）世間之孝以怨報怨。如草滅火。勝義之孝以慈報怨。如水滅火。（太賢『梵網経古迹記』巻下末、第二十一不忍違犯戒）

長寿王経云、（中略）世間之孝以怨報怨。如草滅火。勝義之孝以慈報怨。如水滅火。（善珠『梵網経略疏』巻下末、第二十一不忍違犯戒(9)）

G

愚人所貪、如蛾投火。（『日本霊異記』下巻第十八縁）

飛蛾投火不見焼害苦。欲楽亦如是。（法蔵『梵網経菩薩戒本疏』、初篇婬戒第三）

又正法念経云如死蛾投火不見焼害苦。欲楽亦如是。（智周『梵網経菩薩戒本疏』巻第二、初篇婬戒第三）

愚人所貪、如蛾投火。（太賢『梵網経古迹記』巻下本、無慈行欲戒第三）

愚人所貪、如蛾投火。（善珠『梵網経略疏』巻下本、無慈行欲戒第三）

H

律云、弱背自婬面門。(10)（『日本霊異記』下巻第十八縁）

初言自婬者一自婬自如軟脊者亦犯重也。（明曠『天台菩薩戒疏』巻上、第三行非梵行戒）

如律中、弱脊自婬成重等。（法蔵『梵網経菩薩戒本疏』巻第三、初篇婬戒第三）

律云、弱背自婬面門。（太賢『梵網経古迹記』巻下本、梵網戒前文）

長尾弱背自婬成犯。（法銑『梵網経疏』巻上、第三婬戒）

Ⅰ

十輪経云、薝蔔花雖萎、猶勝諸余花、破戒諸比丘、猶勝諸外道、説出家人過、若破戒若持戒、若有戒若無戒、若有過若無過、説者過出万億仏身血、今此義解云、出血不能障仏道、説僧過時、壊多人信、生彼煩悩、障聖道故、是故菩薩、楽求彼徳、不楽求失。

（『日本霊異記』下巻第三十三縁）

十輪経云。占蔔花雖萎。猶勝諸余花。破戒諸比丘。猶勝諸外道。

（明曠『天台菩薩戒疏』巻上、第六説四衆名徳犯過戒）

経云。占蔔花雖萎。猶勝諸余花。破戒諸比丘。猶勝諸外道。

（法蔵『梵網経菩薩戒本疏』巻第三、初篇説過戒第六）

又十輪云占蔔花雖萎。猶勝諸余花占破戒諸比丘。猶勝諸外道。説出家人過。若破戒若持戒。若有戒若無戒。若有過無過説者。過出万億仏身血。解云。出血不能障道。説僧過時。壊多人信。生彼煩悩。障聖道故。是故菩薩。楽求彼徳。不楽求失。求失之者。麟角聖上。有失可取。求徳之者。断善者。身有徳可録。

（太賢『梵網経古迹記』巻下本、談他過失戒第六）

十輪云。説出家人過。若破戒若持戒。若有戒若無戒。若有過若無過。説者過出万億仏身血。解云。出血不能障仏道。説僧過時。壊多人信。生彼煩悩。障聖道故。是故菩薩。楽求彼徳。不楽求失。求失之者。麟角聖上。有失可取。求徳之者。断善者。身有徳可録。

（善珠『梵網経略疏』巻下本、談他過失戒第六）

Aの用例（上巻第二十縁）は、法蔵『菩薩戒本疏』に類似文があるが、「華聚菩薩云」が『日本霊異記』にはなく、『梵網経古迹記』の方が一致しているため、『梵網経古迹記』が出典である可能性が高い。

Bの典拠として記される『不思議光菩薩所説経』には、「以此不善業行因縁。身壊命終生婬女胎。為彼賢天菩薩所護。不生地獄。婬女生已恒常捨棄之。為狐狼之所噉食。大王。以是縁故。九十一劫常如是死。生生常楽」とあり、

『日本霊異記攷証』は、「今本文不同梵網経古迹記。及本疏引与引全同」として、太賢『梵網経古迹記』および法蔵『梵網経菩薩戒本疏』によって本文を校訂している。善珠『梵網経略疏』にも同文があるため、『梵網経古迹記』『梵網経菩薩戒本疏』『梵網経略疏』の三書を出典として挙げる必要がある。

Cについては、法蔵『梵網経菩薩戒本疏』と『梵網経古迹記』の二重傍線部に似ているが、それぞれ字句の異同があるため、断定はできない。

Dは『涅槃経』に同文はなく、抄出とされる。義寂『菩薩戒本疏』に同文違訳とみられる類似文があるが、『梵網経古迹記』の引用と考えてよいであろう。

E「以怨報怨」は、伝奥『梵網経記』、『梵網経古迹記』、善珠『梵網経略疏』に同句があるが、短いために出典の特定は難しい。

Fは、『日本霊異記』に「長阿含経云」とあるが、『長阿含経』に同文はない。義寂『菩薩戒本疏』『梵網経古迹記』『梵網経略疏』では「長寿王経」とし、『日本霊異記』にない文句もあるため、出典に特定するのは難しい。

Gは、智周『梵網経菩薩戒本疏』、法蔵『梵網経菩薩戒本疏』にも類句があるが、『梵網経古迹記』と『梵網経略疏』に同文があるため、両書を出典と考えてよいであろう。

H「律云、弱脊自婬面門」は、太賢『梵網経古迹記』に同文があり、法蔵『菩薩戒本疏』、法銑『梵網経疏』に類文が見られる。『梵網経古迹記』では梵網戒の前文の注解部分で、各戒に対する注解ではなく、ほかは「婬戒（無慈行欲戒）」の注解部分にある。『梵網経略疏』にはない。中村史氏は、法銑の『梵網経疏』にも類文があることを指摘し、「『梵網経』の注釈書類に共通する表現だと理解するのがよかろう」としている。[11]

Iは『十輪経云』とあるが、『大方広十輪経』巻第三には、「薝蔔華雖萎　猶勝諸余花　破戒諸比丘　猶勝諸外道」

とのみあり、「説出家人過」以下はない。明曠『天台菩薩戒疏』、法蔵『菩薩戒本疏』も同じである。『梵網経略疏』には、「十輪云」として、「説出家人過」以下だけがある。ほぼ同文は、太賢『梵網経古迹記』だけであるため、『梵網経古迹記』を出典としてよいものと思われる。

以上九カ所について、次のように分類する。

イ　『梵網経古迹記』に出典が特定できると思われるもの。

ロ　『梵網経古迹記』以外の注疏にも同文があるため、出典を二書以上挙げる必要があるもの。

ハ　同文がなく、類似の文が複数の『梵網経古迹記』注疏類にあるため、出典を特定できないもの。

イ

A（上巻第二十縁）

D（中巻第十縁）

H（下巻第十八縁「律云、弱背自婬面門」）

I（下巻第三十三縁）

これらの四例は、従来のように『梵網経古迹記』からの引用としてよいと思われる。

ロ

B（中巻第七縁）

法蔵『菩薩戒本疏』、太賢『梵網経古迹記』、善珠『梵網経略疏』の三書を挙げる必要があると思われる。

G（下巻第十八縁「愚人所貪、如蛾投火」）

出典として『古迹記』と『略疏』を挙げる必要がある。

ハ
C（中巻第九縁）
E（下巻第二縁）
F（下巻第四縁）

これら三例は、完全に一致しているものがなかったり、句が短かすぎたりするため、出典を特定できない。

三

以上のように、同文数は『梵網経古迹記』がもっとも多い。しかし、『梵網経古迹記』が典拠とされてきた文の中で、『梵網経本疏』『梵網経略疏』などに同文や類文がある例も少なくない。景戒が複数の『梵網経』注釈書を閲読していた可能性もある。

露木悟義氏は『日本霊異記』における引用経典の検証をし、「景戒の所用経典はわずかに十三経、孫引き経典三経をのぞくと十経にとどまる」とする。(12) 孫引きは『梵網経古迹記』、または『法苑珠林』あるいは『諸経要集』からの文であることを指摘し、「古迹記から引かれたものには疑うべき点がない」と述べている。だが、全例がそうだというわけではないのである。特に、『古迹記』と『梵網経略疏』が重なる例は、九例中四例（BEFG）あった。つまり『梵網経古迹記』と『梵網経略疏』に同文が多いということである。それはそもそも『梵網経略疏』が、『梵網経古迹記』の注解を多く継承しているためである。

『梵網経古迹記』三巻は、新羅法相宗の太賢（七五三年没）の著作である。中国法相宗は純粋な唯識教学で、小乗的な立場にあったが、新羅法相宗では天台や華厳に近い思想体系があり、菩薩戒や浄土思想の研究も盛んに行われていたという。また、善珠の著した『薬師経疏』が、新羅太賢『薬師経古迹記』や元暁『阿弥陀経疏』に依拠していることから、山口敦史氏は「善珠の著作と新羅仏教との近親性が推測できる」と指摘している[13]。景戒が善珠と直接会うことがあったのかどうかは、不明である。しかし、同じ法相宗であることや、『日本霊異記』に引用された経文と『梵網経略疏』との共通性から見て、景戒が、善珠に近い学統であったことがうかがわれる。景戒は私度僧出身であるといわれるが、決して独学ではなく、善珠等を中心とする中央官大寺の法相教団内、またはその学流の周辺で教学を受けたのではないだろうか。景戒の手元に『梵網経略疏』があったという確証は得られないが、閲覧や講義などの方法で、同門の先学善珠の教義を学ぶ機会はあったものと思われる。

山口氏は、善珠『薬師経略疏』と太賢『薬師経古迹記』・敦煌本『薬師経疏』の比較をした上で、『日本霊異記』について「善珠に代表される注釈の言語の蓄積から、説話を存立させる契機が醸成されていった可能性を、ここでは指摘しておきたい」と述べている[14]。

『梵網経古迹記』の引用と思われる部分について、『古迹記』ではなく『涅槃経』『方等経』などと記されているが、景戒は「孫引き」という意識はなく、その経典の言葉として記していたのであろう。善珠のように最新の教学を学んで育ち、新着経典を自由に閲覧できる環境にあった者とは違い[15]、景戒のような在野ともいうべき僧は、閲読できる経典類は数が限られていたと思われる。『諸経要集』や経疏類の中に引かれた経の文句を、景戒は真の経の言葉として受け止め、思想と信仰の糧としたのであろう。

『日本霊異記』編纂当時、景戒が善珠の「流俗」（『扶桑略記』）のような噂や批判を耳にしていなかったとはいえない。しかし、そうした善珠の姿を『日本霊異記』は伝えていない。「人家家」の聖人として転生の奇瑞を記し、敬意をもって最終話に書きとめている。景戒が、善珠を仰ぎ、自らを善珠の教学を引き継ぐ立場の僧として位置付けていたからであろう。

注

（1）冨樫進氏は、この景戒の解釈は、「煩悩に囚われた凡夫の状態から方便としての人天果を経て最終的な成仏を目指すべきとする法進の『威儀経』『梵網経』理解と同一の構造をもつことは明らかである」（『奈良仏教と古代社会―鑑真門流を中心に―』結章、二〇一二年、東北大学出版会）と述べている。

（2）中川久仁子「秋篠僧正・善珠―その伝承をめぐって―」（小峯和明・篠川賢編『日本霊異記を読む』二〇〇四年、吉川弘文館）参照。

（3）日下無倫「善珠僧正の研究」（『真宗史の研究』臨川書店、一九七五年）、山口敦史「善珠撰述『本願薬師経』と引用典籍」（山口敦史編『聖典と註釈―仏典注釈から見る古代―』武蔵野書院、二〇一一年）参照。

（4）堀一郎「寧良高僧伝」（『堀一郎著作集』第三巻）参照。

（5）増尾俊哉「『霊異記』の「罪」について―『梵網経古迹記』を手掛かりに―」（『論輯』第一七号、一九八九年二月）参照。

（6）中村史『日本霊異記と唱導』（三弥井書店、一九九五年）第二編第六・七章参照。

（7）鹿苑大慈「日本法相家の系譜―『日本霊異記』の思想的立場―」（『龍谷大学論集』第三五七号、一九五七年十二月）参照。

（8）松浦貞俊『日本霊異記註釈』上巻第二十縁附言に、法蔵『梵網経菩薩戒本疏』と太賢『梵網経古迹記』に「本書引くところと全く同じきを引いてある。但、「菩薩戒本疏」の方には、「方等経華聚菩薩云」とあるだけは違ふ。本書は恐らく古迹記よりの孫引きであろう」とある。

（9）『新日本古典文学大系』下巻第二縁注に、「菩薩戒本疏・下本、梵網経古迹記・下末などに長寿王経の文としてみえる」とある。

(10)『日本霊異記攷証』は『日本霊異記』下巻第十八縁原文に「弱眷」とあるのを、「弱背」と改めた。
(11) 中村史氏は中巻第七縁が本来は「謗三宝戒（毀謗三宝戒）」を教える説話だったのを「説四衆過戒（談他過失戒）」を教える話に転換したらしいことを述べている（『日本霊異記と唱導』第二編第六章、三弥井書店、一九九五年）。以下、本稿では梵網戒の名称は『古迹記』に従う。
(12) 露木悟義「霊異記引用経典の考察」（『古代文学』第六号、一九六六年十二月）参照。引用経典については、禿氏祐祥「日本霊異記に引用せる経典について」（『仏教研究』第一巻第二号、一九三七年七月）、原口裕「日本霊異記出典語句管見」（『訓点語と訓点資料』第三十四号、一九六六年十二月）などの研究もある。
(13) 山口敦史『日本霊異記と東アジアの仏教』第六部第五章（笠間書院、二〇一三年）参照。
(14) 注（3）山口氏前掲書参照。
(15) 河野貴美子氏は、善珠がさまざまな漢籍を駆使し、多数の著述を残していることから、「善珠の周辺には、新来の典籍を含む数多くの漢籍が存在し、それらを扱うことが出来た環境が想像できる」（「善珠撰述仏典注釈書における漢籍の引用―『成唯識論述記序釈』をめぐる一考察―」、『中古文学』第七十一号、二〇〇三年五月）と述べている。

第六章　中有と冥界　―『日本霊異記』の蘇生説話―

一

『日本霊異記』に十三話収録されている蘇生説話の主人公たちは、死後数日してよみがえり、その間の体験談を語る。(1) 多くは閻羅王の使いに冥界に連れていかれ、亡父や亡母に会ったり、裁判にかけられたり、地獄の責め苦を受けてきたりする。

死後の世界を往還する彼らは、何者なのか。死者の「魂」であろうか。「魂」とは何であろうか。

仏教では輪廻転生の過程を、「中有・生有・本有・死有」の「四有（bhava-catuṣṭaya）」と分析している。死から次の生を受けるまでの存在（有）を「中有」、生まれる瞬間の存在を「生有」、生まれてから死の前までの存在を「本有」、死の瞬間の存在を「死有」とする。その「四有」を繰り返す状態が、輪廻転生である。無色界・色界・欲界の三界のうち、色界・欲界の衆生にはすべてこの四有があるという。

この説に従えば、蘇生説話で、死後の世界を訪問し、次の世に転生する前にもとの身体に戻ってくる何者かは、「中有（antarā-bhava）」に該当する。

「四有」は、説一切有部の『阿毘達磨発智論』に説かれて『阿毘達磨大毘婆沙論』『阿毘達磨倶舎論』などに詳しく注解され、大乗仏教に受け継がれた。法相宗所依の経論である『瑜伽師地論』第一巻にも説かれており、景戒も学んだものと思われる。

「四有とは、謂はく、本有・死有・中有・生有なり」と説くが如き、云何が本有なる。
答ふ。生分と死分を除ける諸蘊の中間の諸有なり。
云何が死有なる。
答ふ。死分の諸蘊なり。
云何が中有なる。
答ふ。死分と生分を除ける諸蘊の中間の諸有なり。
云何が生有なる。
答ふ。生分の諸蘊なり。

（『阿毘達磨発智論』巻第十九）

頌に曰はく、
死と生の二有の中の、五蘊を中有と名く。未だ至るべき処に至らず、故に、中有は生に非ず。
論じて曰はく、死有より後、生有の前に在りて、即ち彼の中間に、自体ありて起り、生処に至らんが為めの故に此の身を起すなり。〔こは〕二趣の中間なるが故に、中有と名く。

（『阿毘達磨倶舎論』巻第八）

総じて有の體を説かば、是れ五取蘊なり。〔而して〕中に於いて、位の別を分析して四と為す。一には中有。

義は前に説くが如し。二には生有。謂はく、諸の趣に於いて生を結ぶの刹那なり。三には本有。生の刹那を除く死の前の余の位なり。四には死有。謂はく、最後の念にして、中有の前に次ぐものなり。　（同、巻第九）

当に知るべし、中有は無色界を除きて一切の生処にありと。　（『瑜伽師地論』巻第一）

「死有より後、生有の前」に「生処に至らんが為めの故に此の身を起す」（傍線部）のが「中有」だという。仏教的解釈をすれば、冥界遊行をしてもとの身に還ってくるのは、「中有」といわれる存在ということになる。

二

「中有」は「中陰」とも称される。現代でも追善供養として行われる中陰法要の「中陰」である。「陰」は「五陰（五蘊）」のことで、人間（衆生）の肉体と精神を構成する五要素（色・受・想・行・識）である。

現代語の「中有」「中陰」は、中陰法要における四十九日間（七七日）の期間を示す語として用いられる。

ちゅう‐う【中有】（仏）四有の一つ。衆生が死んで次の生を受けるまでの間。期間は一念の間から七日あるいは不定ともいうが、日本では四九日。この間、七日ごとに法事を行う。中陰。→四十九日　（『広辞苑』第六版）

しかし、仏典語としての「中有」「中陰」は、「自体ありて」「此の身を起すなり」（前掲『阿毘達磨倶舎論』傍線部）

とあるように、存在する主体（体・身）を表す語であって、期間の意味に用いるのは、二次的な用法である。

中陰法要は、『続日本紀』に文武天皇崩御の際の記事があり、(2) 白鳳時代より宮中で行われていたらしく、「中陰（中有）」の知識は、仏教徒以外にも早くから流布していたものと思われる。

『日本霊異記』に「中有」「中陰」という語はみられないが、中陰法要を示す記述が下巻第二十五縁と第三十七縁にみられる。下巻の説話が成立したと思われる奈良時代末期には、七七日の中陰法要が民間でも行われるようになっていたことが知られる。

下巻第二十五縁では、紀臣馬養《きのおみうまかひ》が漁に出て暴風雨に会って遭難し、二ヵ月後に故郷に帰った。馬養の妻子は馬養を見て言った。

「海に入りて溺れて死に、七々日を逕て、斎食を為し、恩を報ゆること既に畢る。思はずより他に、何すれぞ活《い》きて還来《かへ》る。もしは是れ夢か、もしは是れ魂か」といふ。

（下巻「大海に漂《ただよひ》流《ながれ》敬ひて釈迦仏の名を称へて命を全くすること得る縁」第二十五）

下巻第三十七縁では、「京の中の人」が病気で急死し、「閻羅王の闕《みかど》」に行った。そこで佐伯宿祢《さへきのすくね》伊太知《いたち》という人が、閻羅王に罪を責められ、打たれて叫んでいるのを見た。「京の中の人」はよみがえってその様子を述べ、佐伯伊太知の妻子等はそれを聞くと、悲しみ哀れんで次のように言った。

「卒《し》にて七々日を経、その恩の霊の為に善を修《おこな》ひ福を贈ること既に畢る。何《いか》にか図らむ、悪趣に堕ちて劇《はげ》しき苦を受くることを」といふ。更には法花経一部を写し奉りて、恭《うやま》ひ供養し、追ひて彼の霊の苦を救ふ。此れまた奇異《あや》しき事なり。

（下巻「因果を顧ず悪を作《おこな》ひて罪の報を受くる縁」第三十七）

佐伯伊太知の妻子は、七七日が過ぎてしまった今は、伊太知は生前の悪業のために「悪趣に堕ちて劇《はげ》しき苦を受」けているだろう、と嘆いた。これは、中有の期間は最長七七日で、それまでにかならず何処かに転生するという仏典の説にもとづく発言である。妻子は、すでに悪趣に転生したであろう伊太知の苦を救うために、法華経書写の供養を行ったという。

七七日の転生については、中巻「慳貪に因りて大蛇と成る縁」第三十八に、慳貪の僧が、死んだ後七七日を経て大蛇となって現れ、僧が銭を隠した室の戸の前に伏して、銭を護ったという説話がみられる[3]。

輪廻転生は、四有で示すと、次のような繰り返しになる。

…生有→本有→死有→中有→生有→本有→死有→中有…

中有は、現世（生有→本有→死有）から来世（生有→本有→死有）へのつなぎ目である。人が死んで転生をせずに蘇生する場合は、次のような図式になる。

生有→本有→死有→中有

中有から次の生有へと順調に進まずに、中有からもとの本有へと逆戻りするということである。『日本霊異記』における蘇生説話は、すべて冥界遊行のモチーフをともない、中有で何らかの体験をした後によみがえる。多くの者は、閻羅王の宮に連れていかれた後、もとの体に戻されることになる。

蘇生説話でも、地獄などに生じてからもとの身として復活した場合は、地獄にいったん生じたということなので、次のような図式になる。

本有→死有→中有→生有→本有（→最初の本有へ戻る）

もとの体が焼かれて失われていたために、違う人間の身体でよみがえったという説話（中巻第二十五縁）があるが、その場合はこのようになるであろう。

本有→死有→中有→本有

こうした図式は、仏教説話以外の、転生の観念のない蘇生説話にはあてはまらない。生の世界に対する死の世界があり、その往復という構造になる。

生の世界　⇄　死後の世界

イザナキイザナミの黄泉の国訪問神話は、次のようになる。

葦原中国（生の国）⟷黄泉国（死の国）

仏教説話としての蘇生説話は、生と死の往復の物語ではなく、輪廻転生の規則的な永久の繰り返しの中に生じた、小さな乱れの物語なのである。

三

『日本霊異記』にみえる最初の蘇生説話は、上巻「三宝を信敬《うやま》ひて現報を得る縁」第五である。大部屋栖野古連公《おほとものやすのこのむらじぎみ》は、聖徳太子の肺腑の侍者で、敬虔な仏教信者であった。聖徳太子の死後出家を望んだがかなえられず、六年後の推古天皇三十三年十二月八日に急死した。天皇は七日間遺体を留めて、屋栖野古の忠信を偲んだ。

三十三年乙酉の冬十二月の八日に、連公難破《なには》に居住《す》みて急《たちまち》に卒《し》ぬ。屍に異《あや》しき香有りて馚馥《かを》る。天皇勅して、七日留めしめ、彼の忠を詠《しの》はしめたまふ。三日を逕てすなはち蘇甦《よみがへ》る。（上巻第五縁）

屋栖野古はよみがえった後に、自分は五色の雲の道を渡って、聖徳太子と文殊菩薩に会ってきたという話を語った。屋栖野古がよみがえることができたのは、天皇が、遺体を「七日留めしめ」たためであった(4)。このように、蘇生説話では本有に戻るための肉体が保存されているということが必要条件となる。

『日本霊異記』には、上巻第五縁を入れて、十三の蘇生説話がみられる。肉体を保管した理由と、死後蘇生までの日数についてみてみる。


〈上巻第五縁〉大部《おほとも》屋栖《のやす》野《の》古連公《このむらじぎみ》。天皇が七日間とどめた。三日後によみがえる。

〈上巻三十縁〉膳　臣広国《かしはでのおみひろくに》。理由無し。三日後によみがえる。

〈中巻第五縁〉一《ひとり》の富める家長公《いへぎみ》。「十九日[5]置きて焼くことなかれ」と遺言。九日後によみがえる。

〈中巻第七縁〉）釈智光。「九日十日置きて待て」と遺言。九日後によみがえる。

〈中巻第十六縁〉一《ひとり》の富める人。「七日置け」と卜者に託宣。七日後によみがえる。

〈中巻第十九縁〉利苅《とかりの》優婆夷《うばい》。理由無し。三日後によみがえる。

〈中巻第二十五縁〉鵜垂郡《うたりのこほり》の衣女。三日後によみがえろうとしたら自分の身が火葬にされていたので、かわりに布敷臣《ぬのしきのおみ》衣女《きぬめ》の身となってよみがえる。

〈下巻第九縁〉藤原朝臣広足《ひろたり》。親属が「喪殯《はぶり》の物を備《まう》く」。三日後によみがえる。

〈下巻第二十二縁〉他田舎人蝦夷《をさたのとねりえびす》。妻子が「丙年の人なるが故に焼き失はず」とし、「地を点めて冢《はひや》を作り、殯して置く」。七日後によみがえる。

〈下巻第二十三縁〉大伴連忍勝《おしかつ》。眷属が「殺人の罪を断らしめよ。故に輒《たやす》く焼き失はず」と言って、「地を点《し》めて冢《はひや》を作り、殯り収めて置く」。五日後によみがえる。

〈下巻第二十六縁〉田中真人広虫女《たなかのまひとひろむしめ》。理由無し。「七日を逕て、焼かずして置く」。「其の七日の夕に」よみがえる。

〈下巻第三十五縁〉火君《ひのきみ》の氏の人。理由無し。日数不明。

〈下巻第三十七縁〉京の中の人。理由無し。日数不明遺体の保存理由は、遺言や託宣によって遺体をとどめて置かせる場合が三例、「喪殯」の準備のため（下巻第九縁）、丙年生まれのため（下巻第二十二縁）、殺人の証拠保存のため（下巻第二十三縁）の場合が一例ずつある。これらの蘇生説話の中に「喪殯」「殯して置く」（下巻第二十二縁）「殯り収めて置く」（下巻二十三縁）と「殯」の語がみられる。それが喪屋や殯宮を建てて遺体を仮安置する、古来の「モガリ」「アラキ」であったかどうかはわからないが、火葬ではない葬法であったことがうかがわれる。(6)

また、体が火葬にされてしまっていたため、蘇生できなかった説話、下巻第三十六縁がある。藤原朝臣永手は閻羅王に帰されることになったが、

「すなはち閻羅王、我れを召して擯《お》ひ返し既《たま》ふ。然れども我が体滅びて寄宿《よ》る所無し。故に道中に漂ふ」といふ。

（下巻「塔の階を減《へ》し寺の幢を仆《たふ》して悪しき報を得る縁」第三十六）

と、もとの体に戻れないために、「道中」にさまよっているのだという。「道中」は、六道のどこにも往けないため、「道（世界）と道の間」にいるということであろう。

経典によると、中有は、死後七日以内に生縁を得て、次の生を受ける。七日以内に生縁が定まらず転生しない場合は、もう七日間延長される。どんなに遅くとも、七期日（七七日・四十九日）までには転生するという。

尊者世友は言ふ、「此れの極多は七日なり。若し生縁未だ合はざれば、便ち数死し、数生ず」と。

有余師は言はく、「極は七七日なり」と。

（『阿毘達磨倶舎論』第九）

又此の中有者若し未だ生縁を得ざれば、七日を極として住す。生縁を得るあらば即ち決定せず、若し七日を極として〔尚〕未だ生縁を得ざれば、死して復た生じ、七日を極として住す。是の如く展転して、未だ生縁を得ざれば、乃至七七日住す。

（『瑜伽師地論』巻第一）

『日本霊異記』説話では、不明のものもあるが、ほとんどが七日以内（三日・五日・七日）によみがえっている。中巻第五縁と第七縁だけが蘇生までに九日かかっている。七七日以内のことではあるが、『日本霊異記』説話の中では例外的である。

中巻「智しき者変化の聖人を誹妬《そしりねた》みて現に閻羅の闕に至り地獄の苦を受くる縁」第七の智光は、行基誹謗の罪によって閻羅王に召され、三日間ずつ三回、地獄で責め苦を受けてきた。この地獄巡りを一旦地獄に「転生」したものと考えると、中有の期間とは異なってくるので、例外的に九日になったとも考えられる。

中巻「漢神の祟に依り牛を殺して祀りまた生《いきもの》を放つ善を修《おこな》ひて現に善と悪との報を得る縁」第五は、摂津国の「一《ひとり》の富める家長公《いへぎみ》」が七年間の重病の末に亡くなり、九日後によみがえったという説話である。閻羅王の宮で、漢神の生贄に祀った牛が七人の牛頭人身の獄卒として現れ、家長公を膾にして食おうと言い、一方では、家長公が放生した生き物たち千万余人が家長公をかばい、双方が言い分を譲らなかった。八日を経て、閻羅王が「明日に参向《まう》でよ」と言い、九日目に集会したところ、多数決により家長公は放免という裁定だった。七日以内に決着がつかなかったので、八日目に閻羅王が腰をあげ、九日目に裁定を下したということであろうか。

四

中有は、どんな姿をしているのであろうか。『阿毘達磨大毘婆沙論』などによると、中有は、来世の本有の姿をしているという。また、極細なので肉眼で見ることができないのだという。

問ふ、一切の中有の形状は云何。

答ふ、中有の形状は、当本有の如し。謂く、彼の当に地獄趣に生ずべき者の所有の形状は、即ち地獄の如く、乃至当に天趣中に生ずべき者の所有の形状は、即ち彼の天の如きなり。中有と本有とは、一業の引くものなるが故に。

（『阿毘達磨大毘婆沙論』巻第七十）

当に何れの趣に往く可き、所起の中有の形状は如何。

此は一業を引く故に、当の本有の形の如し。

（『阿毘達磨倶舎論』巻第九）

論じて曰はく、此の中有の身は同類のみ相見る。若し極浄天眼を修得すること有らば、亦た能く見ることを得。諸の生得の眼は、皆観ること能はず。極細なるを以ての故なり。

（同）

中有は極細の姿で、業に引かれて次の生有へと移動するということらしい。中有が生縁を得るまでの様相については、『正法念処経』巻第三十四に十七種にわけて説かれている。『正法念処経』の説は『諸経要集』四生部中陰縁、『法苑珠林』受報篇中陰部にも引用されている。また、中有の姿が「小児の如し」（『灌頂経』巻第十一）という説もある。

『日本霊異記』では、特に冥界遊行の際の主人公の外見に関する記述はない。「七人の非人有り。牛頭人身なり。わが髪に縄を繋けて捉へて銜《かく》み往く」（中巻第五縁）と、髪の毛があることがわかる程度である。死者は死の床から徒歩で冥界に連れていかれるようであるが、その姿はまわりのものには見えないようである。経典にあるように「極細」で見えないととることができる。

「中有」には、「健達縛《けんだつば》」「求生」「趣生」「起」などのいくつかの異名がある。その一つの「健達縛（gandharva）」は、「食香」と漢訳される。中有は香を食べ、香を尋ねていくからだという。

諸の少福の者は、唯、悪香をのみ食し、其の多福なるは好香を食と為す。

（『阿毘達磨倶舎論』第九）

「多福なるは好香を食と為す」とあるが、上巻第五縁の大伴屋栖野古の遺体からは芳香が漂っていた。屋栖野古は三日目によみがえって、死後の体験を語った。

三日を逕てすなはち蘇甦《よみがへ》る。妻子に語りて曰はく「五色の雲あり。霓《にじ》の如く北に度《わた》る。其より往きて、其の雲の芳しきこと雞舌香の如し。道の頭《ほとり》を観れば、黄金の山有り。」

虹のような五色の芳香の雲の道を渡っていったという。遺体と雲の芳香は、屋栖野古が「多福」の者であったからと解釈することができる。

また、「少福の者は、唯、悪香をのみ食し」（『阿毘達磨倶舎論』第九）は、下巻第二十六縁の半人半牛としてよみがえった女から悪臭が漂っていたことを想起させる。

其の七日の夕に、更甦還《よみがへ》りて、棺の蓋自《おの》づから開く。是に棺に望みて見れば、はなはだ臭きこと比無《たぐひ》し。腰より上の方は、既に牛と成る。

（下巻「強ひて理にあらずして債《もののかひ》を徴《はた》りて多く倍《ま》して取りて現に悪しき死の報いを得る縁」第二十六）

この説話は、慳貪な田中真人広虫女が死んで七日目に棺おけがひとりでに開き、中を見たら、上半身だけが牛になってよみがえっていたという、衝撃的な説話である。

半人半牛になってよみがえったとは、転生に失敗したのであろうか。広虫女が死ぬ前に見た夢の中で、閻羅王が広虫女の三つの罪をあげて「現報を得べし。今汝に示すなり」と告げたというので、転生ではなく、半身が牛となって現世によみがえるという「現報」である。牛人間になった広虫女は、牛のように地面の草を食《は》んでは反芻し、衣類を着ずに裸で地べたに伏し、五日後に死んだという。

香に関する説話として、前掲の下巻第三十六縁がある。藤原朝臣永手の子家従《いへより》は、永く病を患っていたが、一人の禅師が病気治癒のために身代わりになろうと、手の上に香を置いて焚き、行道して陀羅尼を読んだ。すると、家従に死んだ父の永手が憑いて語った。自分は生前、法華寺の幢を倒させ、西大寺の塔を八角から四角にして七層から五層に減らした。その罪のために閻羅王の宮に連れていかれ、火の柱を抱かされ釘に手を打ち立てられていたが、宮の中に煙が充満してきて、禅師の手の上に焚いた香だとわかると、閻羅王は自分を追い帰した。しかし、体が火葬されてしまっているので依るところがなく、道中をさまよっているのだという。禅師が身を捨てて香を焚いたために、永手は責め苦から免れることができた。追善供養に香を焚くことの勧めとして成り立つ説話である。

中有の異名「求生」については、次のように述べられている。

二には求生。常に喜びて当に生ずべき処を尋察するが故なり。

（『阿毘達磨倶舎論』巻第十）

「当生」は来世のことで、中有は常に次の生を喜んで尋ねるという。中巻第七縁の智光は、地獄の熱気が「極めて熱くして悩むといへども、心は近就かむと欲《おも》ふ」とある。下巻第二十二縁の他田舎人蝦夷は、冥界で熱く焼けた鉄と銅の柱に抱きつきたくなったとある。彼らは、「常に喜びて当に生ずべき処を尋察する」という中有の性質によって、地獄であっても自分から惹かれていったのである。

鉄と銅と熱しといへども、重きにあらず軽きにあらず。悪しき業に引かれ、ただし抱き荷はむと欲ふ。

（下巻「重き斤《はかり》をもちて人の物を取りまた法花経を写して現に善と悪との報を得る縁」第二十二）

傍線部の「悪しき業に引かれ」は、前掲の「中有と本有とは、一業の引くものなるが故に。」（『阿毘達磨大毘婆沙論』巻第七十）、「此は一業を引く故に、当の本有の形の如し。」（『阿毘達磨倶舎論』第九）似た表現である。たとえ地獄であっても、惹かれてしまうのは、「一業を引く故に」なのであろう。

「中陰」は、四十九日の「期間」を示す意味合いを強めていったが、「中有」は空間的な意味合いにとらえられていったようである。中世以後、「中有に迷う」「中有の旅」という表現がしばしば用いられるようになり、虚空や空中の意味をかけて「宙宇」の表記も用いられた。(7)

イヤなふ四十九日が其間、魂宙宇に迷ふと聞く。（浄瑠璃「一谷嫩軍記」）

五

しかし、仏典語の「中有」は場所や空間をさすのではなく、死と生の間の身体、存在をいうのである。天・人・阿修羅・餓鬼・畜生・地獄の六道（六趣）ではなく、中有という世界があるのでもない。中有はどこかの異空間に出現するのではなく、「死する処に生ずる」とされる。

若し爾らば、中有も亦、是れ趣なるべし。爾らず。趣の義と相応せざるが故に。趣とは謂はく往く所なり。〔然るに〕中有を説きて是れ往く所とは言ふ可からず。〔是れは〕即ち死する処に生ずるが故なり。（『阿毘達磨倶舎論』第八）

本来中有は空間としての意味はなかったのだが、漢訳経典の中にも、中有を一つの世界のように記しているものもみられる。姚秦の竺仏念訳『中陰経』について、加治洋一氏による次のような解説がある。

般涅槃後に仏が中陰（＝中有）になり、しかも説法するという構想にも驚かされるが、経中に、妙覚如来が「神力を以て中陰中に入り、七宝の高座（中略）を化作し」云々とあるなど、中陰という世界がこの世界とは別に存在していると誤解している節もあり、この経典が、仏教の世界観をいまだ十分には消化していない異文化の所産であることを忍ばせる。

（『大蔵経全解説大辞典』、『中陰経』の項、解説加治洋一）

加治氏は『中陰経』が偽経である可能性を示唆しているが、そうだとしても、中有を一つの世界として誤解する傾向があるのは、日本だけではないということになる。死後の異世界の観念を、多くの民族が有しているために、同じように混同することがあるのであろう。

閻魔王の原型であるヤマ王も、『リグ・ヴェーダ』には死者の世界で祖霊と共に饗宴を楽しむ様子が描かれている。やがて冥府王の閻魔王信仰が成立し、中国の仏教説話では、閻魔王の冥府の様子が、現実の官府そのままに描かれる。主人公が死ぬと使者に連れられて城門に入り、中の官府において閻魔王や諸官による裁判を受けることになる。

冥史の為に摂せられ南行して門に入る。門内の南北に大なる街あり。左右を夾みて往き往くに官府の門舎あり。

（『冥報記』中巻第十五話）

『日本霊異記』でも、死後、地獄などに行き着く前に、道があり、野があり、坂がある。中有をある世界から別の世界への中継的な空間としてとらえていたようである。

行く路広く平《たひら》かにして、直きこと墨縄の如し。（中巻第十六縁）

使四人有り。共に副ひ将て往く。初めに広き野に往き、次に卒《さが》しき坂あり、坂の上に上りて大なる観《たかどの》有るを観る。（下巻第二十二縁）

また、「大河」（上巻第三十縁）や「深い河」（下巻第九縁）もあり、野外をはるばると歩いていく描写である。中国仏教説話には、野外の描写はあまりみられない。『日本霊異記』説話にも、着いた先には楼閣や宮や閻羅のみかどがあるが、中国仏教説話の官府のような具体的な描写はなく、諸氏の指摘の通り(8)、中国仏教説話の冥界とは大分趣を異にしている。

『日本霊異記』の冥界は、「閻羅国」「閻羅闕」のほかに、「黄泉」とも称されている（上巻第三十縁、下巻第三十五縁など）。中巻第七縁の智光の蘇生説話では「慎黄泉《ゆめよも》つ竈《へ》の火の物を食ふことなかれ」とある。「葦原国に名と聞とある智しき者」ともあり、「葦原中国↔黄泉国」という日本神話的世界観がみられる。

また、上巻第三十縁などには「度南国」と称されている。これは、道教において、死者の魂が煉度され仙となる所である「南宮」の伝承を背後に持っているという(9)。「南宮」が、不死の仙の世界への中継的世界であるという点に、「中有」との共通点が見出せる。

このように、『日本霊異記』の冥界は、中国仏教説話の影響を強く受けながらも、異なる要素の多い独自の世界である。上巻序によると、中国説話集は、「他国の伝録」であるので、「自《わ》が土《くに》の奇《あや》しきことを信《うやま》ひ恐《おそ》る」ために『日本国現報善悪霊異記』を編纂したという。つまり、『日本霊異記』は「自が土《わくに》」「日本国」の伝録なので、「他国（漢地・大唐）」の説話のすべてを模倣する必要がなく、日本には日本の冥界があってしかるべきということになろう。景戒は、生死輪廻、四有という確立された仏教的概念の上に、仏教以外の要素も取り込んで、「自が土《わくに》」の冥界を構築したのである。

『日本霊異記』蘇生説話には、仏教、道教、日本古来の冥界伝承などが何層にも習合している。それは、布教僧などの説話伝承者らの、仏教以外の従来の信仰や伝承を排除するのではなく、方便として吸収・融合しようとする意識が育てた冥界観であったであろう。

『日本霊異記』の蘇生説話の主題は、生前の善と悪が死後の運命を定めるという、因果応報の理である。それは、冥界を体験してきた奇跡の蘇生者のみが伝え得る「真実」である。すなわち、全体の一割以上も占める蘇生説話は、巧みに読者の興味を引きつつ、因果応報の理を伝えようとしているのである。

六

『日本霊異記』にみられるように、日本人の他界観は、在来信仰の上に仏教的観念を受け入れつつ展開していった。井之口章次氏は、正式の仏教渡来以前に、仏教ふうの他界観が入って日本人の他界観に強い影響を与え、やがて、奈良時代以降の高僧たちが、従来の他界観はそのまま認めたうえで、より整備された仏教の来世観を、霊肉分離の期間にあてはめたのであろうとして、日本人の他界観念には異質のものが（程度のちがいかもしれぬが）かさなり、からまり合って、少くとも二重の構造をなしている、と言えるように思う。（『日本の葬式』）

と述べている。

「中陰」の観念が、各地においてさまざまな民間儀礼に融合していた実例が、民俗学の調査によって紹介されている。現代においても、「四十九日間は死者が軒端にいる」といった言葉が、少なからぬ実感を持って語られている。死という不在を受け入れる期間として、四十九日間がちょうど適合しているのであろう。

死によって霊魂と肉体が分離すると考える日本人にとって、中陰法要や、初七日から三回忌までの十仏事は、霊魂が肉体を完全に離れ、遠い他界に旅立ち、カミ、ホトケと呼ばれる祖霊になるまでの期間として習合して受け入れられた。現代では一般的に、追善供養は三十三回忌を弔い上げとし、それ以降も五十回忌ごとに行うことがある。そうした長期間にわたる供養は、仏事供養が、本来の仏教的輪廻転生の概念から離れ、祖先礼拝として定着したことを物語っている。

『日本霊異記』には、「中有」の日本的解釈といえる冥界が描かれているが、その中に、仏教が早くも日本人の死生観に深く根をはり始めている様子をうかがうことができる。

注

（1）　蘇生のモチーフのある説話はすべて「蘇生説話」として分類した。

(2)「辛巳、天皇崩りましぬ。」「壬午、(中略)黄文連本実等を以て殯宮の事に供奉らしむ。挙哀、着服、一ら遺詔に依りて行はしむ。初七より七七に至るまで、四大寺に設斎す」(『続日本紀』慶雲四年六月)。和田萃氏は、宮廷における殯と中陰法要について、次のように述べている。「殯が営まれたことが記録に明らかなのは文武天皇までである。そして元明太上天皇以後は、崩御の日から埋葬までがさらに著しく短縮され、例外はあるが、それはほぼ初七から三七忌内であり、七七日の間は七日目ごとに追善供養を行い、死者の冥福を祈っていて、明らかに仏教思想によっていることが知られ、文武天皇以前とは明瞭な差がある」(「殯の基礎的考察」、『史林』第五十二巻第五号、一九六九年九月)。

(3)小林信彦氏は、僧が死んでから蛇が成長しきるまでを四十九日とするには短すぎることから、仏教の「心の移転」ではなく、日本人が身体から自由に離脱できると考えた「たま」が、蛇に取り憑いたものであると述べている(小林信彦「『日本霊異記』中巻第三十八話に描かれる「たま」の文化―日本人が仏教を受け入れなかった背景―」、『説話論集』第五集、一九九六年)。

(4)「彼の忠を詠はしめ」(上巻第五縁)は、殯儀礼における「誄」である可能性もある。宮廷において、殯庭における誄が導入されたのは安閑朝末年だという(注(2)和田萃論文)。『日本霊異記』巻頭説話にも、小子部栖軽が死んだとき、「天皇七日七夜彼の忠信を詠はしめたまふ」とあり、同様の儀礼と考えられる。七日間という期間は、中陰法要の影響もあるのかもしれない。『日本書紀』に記録されている殯は天皇や皇太子の記録がほとんどであるが、天智天皇八年藤原鎌足の殯の記事もあるので、忠臣は宮廷で殯を行うという認識があったかもしれない。

(5)「十九日」について、松浦貞俊『日本国現報善悪霊異記注釈』に次のような注がある。「想ふに「十」は又は「于」は「卌」の誤歟。「中陰四十九日間」の謂か」。

(6)出雲路修校注『新日本古典文学大系30　日本霊異記』、「地を点めて冢を作り、殯して置く」(下巻第二十二縁)の脚注に、「諸注は「もがり」と読み、「葬」の前段階のように解するが、疑わしい。賊盗律、およびその疏では、「殯」はその次の段階に「葬」を予想してはいない。墳墓をつくりその中に収める、というかたちで葬ることを「殯」というのであろう」とある。また、同説話の「丙年の人なるが故に焼き失わず」の注に、「本書では、死骸が火葬されずに保存されたことの理由が記述される説話が多い」こと、「中国説話の世界に広くみられる、体がまだ温かかったので葬らない」という理由のものはみえないという指摘がある。

(7)「宙宇」は「宇宙」の同意語。近代においても「宇宙」を「宙宇」とすることがあり、宮沢賢治の使用語彙にも「宙宇」があった。「宙宇は絶えずわれらによって変化する」(「生徒諸君に寄せる」)。私は、「中有」と「宙宇(宇宙)」の連想により、銀河鉄道を思い出す。宮澤賢治は、死後間もない魂は、中有=宙宇、すなわち宇宙を渡って旅立っていくと空想したのではないか。『銀河鉄道の夜』は、宮沢賢治による、近代における「中有」の説話としても読めるのではないだろうか。

(8) 出雲路修「よみがへり考」(『説話集の世界』岩波書店、一九八八年)、入部正純「日本霊異記における冥界」(『日本霊異記の思想』法蔵館、一九八八年)、西村亜希子「『冥報記』と『日本霊異記』の冥界」(『成城国文学』第二十号、二〇〇四年三月)など。

(9) 注(8)出雲路氏論文参照。出雲路氏は上巻三十縁・三十五縁・三十七縁の三話について、「九州に関係ある人物が、死に、蘇生し、その事件を文書にした」という共通祖話があったことを推定し、「〈蘇生〉を述べた共通祖話に〈冥界游行〉を述べた部分を注入して、形成されたものであろう」、「中国の志怪小説―きわめて多様な〈冥界游行〉説話に満ちている―との接触が、死後の世界に対する関心を高め、〈蘇生説話〉を〈冥界游行説話〉へと変貌させたのではなかろうか」と述べ、「よみ」が「黄泉」と表記されるようになり、やがて閻魔王の冥界伝承に習合していく過程を証している。

第二部　行基智光説話とその周辺

第一章　行基と智光　―『日本霊異記』中巻第七縁―

一

十年戊寅元興寺之僧自嘆歌一首

白珠者《しらたまは》　人尓不所知《ひとにしらえず》　不知友縦《しらずともよし》　雖不知《しらずとも》　我之知有者《われししれらば》　不知友任意《しらずともよし》

右一首或云、元興寺之僧独覚多智、未有顕聞、衆諸狎侮、因此僧作此歌自嘆身才也。

（『萬葉集』巻第六、一〇一八）

この歌は、天平十年（七三八）に元興寺の僧が作ったという。左注によると、この僧は「独覚多智」であったが、人々に知られなかったので、軽んじ侮られた。よって、この歌を作り、我が身の才を「自嘆」した。「独覚」は自力で仏教の悟りを得た者のことで、縁覚、辟支仏ともいい、三乗の一として声聞・菩薩の間に位置付けられる。他人の教えを聞くことなく独力で悟り、人に交わらず山林に独居することを特徴とする。菩薩を至高とする大乗思想の立場から、声聞（教えを聞いて修行する者）とともに小乗の覚者とされている。声聞・独覚は出家して自らの悟りを求める自利行のみの修行者であるが、菩薩は出家・在家を問わず、無上の菩提を求めると同時に衆生の救済を発願し、自利利他行を実践する修行者である。

元興寺は、奈良時代に四大寺または五大寺に数えられた官大寺で、三論・法相の本山として大勢の学僧が教学を研修する場であった(1)。また、元興寺には吉野の比蘇山寺に籠り自然智を習得するという修行形態があった。元興寺には、山林修行による悟りと、教学研鑽を兼ね備えた「独覚多智」を誇る僧を輩出する土壌があった(2)。

『日本霊異記』に、この『萬葉集』一〇一八番の「独覚多智」の僧になぞらえられるかのような人物が登場する。中巻「智《さか》しき者変化の聖人を誹《そしり》妬《ねた》みて現に閻羅の闕《みかど》に至り地獄の苦を受くる縁」第七の智光である。

二

釈智光は、河内国人、其の安宿郡の鋤田寺の沙門なり。俗姓は鋤田連《すきたのむらじ》、後に姓を上村主《かみのすぐり》と改むるなり母の氏は飛鳥造なり。天年《ひととなり》聡明《さと》し。智恵第一にして、盂蘭瓫大般若心般若の等《ごと》き経の疏を製《つく》り、諸の学生の為に仏の教を続《つ》伝《た》ふ。時に沙弥行基といふひと有《いま》す。俗姓は越史《こしのふびと》なり。越後国頸城郡の人なり。母は和泉国大鳥郡の人、蜂田薬師の子なり。俗を捨て欲を離れ、法を弘め迷《まよふひと》を化《をしへ》へたまふ。器宇《ひととなり》聡敏《さと》く、自然《おの》づから生れながら知りたまふ。内に菩薩の儀《かたち》を密《かく》し、外に声聞の形を現したまふ、聖武天皇威《かしこ》き徳《めぐみ》を感《かがふ》りたまひ、故に重《たふと》び信《うやま》ひたまふ。時の人欽貴《たふと》び、美《ほ》めて菩薩と称す。　―①

天平十六年甲申の冬十一月に、大僧正に任《ま》けらる。是に智光法師嫉《ね》妬《た》む心を発して、誹りて曰はく「吾れは是れ智《さか》しき人なり。行基は是れ沙弥なり。何故ぞ天皇、我が智を歯《かずま》へず、ただ沙弥を誉《あが》めて用る」と恨む。時に鋤田寺に罷りて住む。儵《たちまち》に痢病を得て一月ばかりを経たり。命終る時に臨みて、弟子を誡めて曰はく「我れ死なば焼くことなかれ。九日十日置きて待て。学生我れを問はば、答へて「縁《よし》有りて東西《とさまかくさま》にあり」と曰ふべし。而うして留めて供養し、慎他《ゆめひと》に知らすことなかれ」といふ。弟子教《をしへ》を受け、師の室の戸を閉ぢて他に知らしめずして、竊《ひそか》に涕泣《な》き、昼夜護り闚《み》てただ期《かぎ》れる日を待つ。学生問ひ求むれば、遺言の如く答へ留めて供養す。

―②

時に閻羅王の使二人、来《きた》りて光師を召す。西に向きて往き、前の路を見れば金の楼閣有り。問ひていはく「是れ何の宮ぞ」といふ。答へて曰はく「葦原国に名と聞《きこへ》ある智《さか》しき者、何故《なにゆゑ》ぞ知らざる。まさに知るべし、行基菩薩の来り生れむ宮なり」といふ。其の門の左右に二人の神人立つ。身に鉀鎧《よろい》を著、額に緋《あけ》の蘰《かづら》を著たり。使長《ひざ》跪《まづ》きて白《まう》して曰《まう》さく「召せり」とまうす。問《と》曰ひたまはく「是れ豊葦原水穂国に有りて謂《い》はゆる智光法師か」とのたまふ。智光答へて白さく「唯然《しか》り」とまうす。すなはち北の方を指して曰はく「此の道より将《い》て往け」とのたまふ。使に副《そ》ひて歩み前《すす》む。火を覔《もと》むれば晃《ひかり》にあらずしてはなはだ熱き気身に当り面を炙る。極めて熱くして悩むといへども、心は近就《ちかづ》かむと欲《おも》ふ。問ひていはく「何すれぞ是れ熱き」といふ。答ふらく「汝を煎らむが為の地獄の熱き気なり」とこたふ。往き前む。極りて熱き鉄の柱立てり。使曰はく「柱を抱け」といふ。光就きて柱を抱く。肉みな鎖《くさ》爛り、ただし骨璅《ほねくさり》のみ存《のこ》る。三日を歴て、使弊箒《やぶれははき》を以ちて其の柱を撫でて「活《い》け。活け」と言へば、故の如く身生《な》る。また北を指して将て往く。先より倍勝《まさ》りて熱き銅の柱立てり。極りて熱き柱なり。而れども悪《あしきこと》に引かれ、なほ就きて抱かむと欲ふ。使言はく「抱け」といふ。すなはち就きて抱く。骨みな爛鎖《くさ》る。三日を逕て、先の如く柱を撫でて「活け。活け」と言へば、故の如く更生《よみがへ》る。また北を指して往く。はなはだ熱き火気雲の如くにして覆ふ。空より飛ぶ鳥、熱き気に当りて落ち煎らる。問ひていはく「是れ何の処ぞ」といふ。答ふらく「師を煎熬《い》らむが為の阿鼻地獄なり」とこたふ。すなはち至れば師を執りて投げ入れて焼き煎る。ただし鍾を打つ音を聞く時に、冷めすなはち憩ふ。三日を逕て、地獄の辺を叩きて「活け。活け」と言へば、本の如く復生《よみがへ》る。更に将て還来《かへ》り、金の宮の門に至る。先の如く白《まう》して言《まう》さく「将て還来《かへ》れり」とまうす。宮の門に在りて二人告げて言はく「師を召す因縁は、葦原国に有りて行基菩薩を誹謗《そし》りき。其の罪を滅さむが為の故に請召《め》すなり。彼の菩薩葦原国を化《をし》へ已《をは》りて、此の宮に生れたまはむとす。今来りたまはむとする時なり。故に待候《ま》ちたてまつるなり。慎《ゆめ》黄泉《よも》つ竈《へ》の火の物を食ふことなかれ。今は忽《たちまち》に還れ」といふ。使と倶に東に向ひて還来《かへ》る。　—③

すなはち見る頃に、ただし九日を逕たり、蘇りて弟子を喚ぶ。弟子音《こゑ》を聞き、集会《あつま》り哭き喜ぶ。智光大に歎き、弟子に向ひて具《つぶさ》に閻羅の状《かたち》を述べ、大に懼《おそ》り念ひて言はく「大徳に向ひて、誹り妬む心を挙《まう》さむ」といふ。時に行基菩薩難波に有《いま》して椅《はし》を渡し江を堀り船津を造らしめたまふ。光身やうやく息《やす》み、菩薩の所に往く。菩薩見たまひてすなはち神通を以ちて光の念ふ所を知りたまひ、咲《ゑみ》を含み愛《うつくし》びて言はく「何すれぞ面《まのあたり》奉《つかへまつ》ること罕《まれ》なる」とのたまふ。智光発露《あらは》し懺悔《く》いて曰さく「智光、菩薩の所にして謗り妬む心を致して、是の言を作さく「光は古き大徳ある僧なり。しかのみならず智光は生れながらの智《さか》しき者なり。行基沙弥は識《さとり》浅き人にして具戒を受けず。何故ぞ天皇ただ行基を誉めて智光を捨つ」といひき。口業の罪に由り、閻羅王我を召して鉄と銅との柱を抱かしめ、九日を経て誹謗《そし》りし罪を償ふ。余の罪を後生世《のちのよ》に至さむことを恐り、是を以ちて慙愧《は》ぢ発露《あらは》すなり。当に願はくは罪を免れむことをねがふ」とまうす。行基大徳顔を和げて嘿然《もだ》す。また白さく「大徳の生れむ処を見る。黄金を以ちて宮を造る」とまうす。行基聞きたまひて言はく「歓《よろこば》しきかな。貴きかな」とのたまふ。誠に知る、口は身を傷《やぶ》る災の門なり、舌は善を剪《き》る銛《と》き鉞《まさかり》なりといふことを。所以《このゆゑに》に不思議光菩薩経に云はく、「饒財菩薩賢天菩薩の過《とが》を説きしが故に、九十一劫常に婬女の腹の中に堕ちて生れ、生れ已りて棄てられ、狐狼

に食はる」とのたまふは、其れ斯れを謂ふなり。――④

此れより已来《このかた》、智光法師行基菩薩を信ひ、明《うやま》に聖人《あきらか》《ひじり》なることを知る。然うして菩薩感《かがふ》りし機縁尽き、天平二十一年己丑の春二月の二日丁酉の酉時に、法《みのり》の儀《かたち》を生馬山に捨て、慈《うつくしび》の神《みたま》は彼の金の宮に遷りたまふ。智光大徳、法を弘め教を伝へ、迷を化《をし》へ正に趣かす。白壁天皇の世に、智嚢を日本の地に蛻《もぬ》け、奇神は知らぬ堺に遷る。――⑤

（『日本霊異記』中巻第七縁）

智光は本話によれば河内国の人、俗姓は鋤田連、後に上村主と改めた。智光の著作『般若心経述義』序文に、

従生九歳、避慣肉処、遊止伽藍、然自志学至天平勝宝四年、合三十箇年中、専憩松林練身研神、随堪礼読周覧聖教。

とあり、「志学」を十五歳とすると、天平勝宝四年（七五二）に四十五歳、生年は和銅元年（七〇八）となる。『日本霊異記』中巻第七縁⑤には、「白壁天皇の世」（七七〇～七八一）を以て遷化したとある。

智光は生涯に、『日本霊異記』に記される『盂蘭盆経疏』『大般若経疏』『般若心経述義』のほか、『法華玄論略述』『無量寿経論釈』『正観論』『中論疏記』『初学三論標宗義』『四十八願釈』『観無量寿経疏』『安養賦』などの多数の著作を残した。奈良時代屈指の学僧であり、「天然聡明、智恵第一」とされるに足る人物であった。

智光は数カ所の寺に移り住んだらしく、『日本霊異記』中巻第七縁①には「安宿郡鋤田寺沙門」とあり、「正倉院文

書」には「八田智光」と署名された文書が残っている。(3) 鋤田寺は、河内国安宿郡にあった鋤田氏の氏寺、八田は和泉の泉北郡にあった八田寺（蜂田寺）のことと考えられている。しかし、後世最も喧伝されるところになったのは、元興寺の僧智光としてである。

智光は元興寺において、吉蔵から智蔵に伝わる三論の正統を学んだという。

釈智光は内州の人。礼光と共に元興寺に止り、智蔵に三論の深旨を得たり。

（『元亨釈書』巻第二）

『元亨釈書』には智光が感得したという浄土曼荼羅の成立譚が記されている。『日本往生極楽記』を初出とし、『法華験記』や『今昔物語集』などに採録されている（本書第二部第二章参照）。

智光と頼光（礼光）は、元興寺で少年より同室修学していたが、頼光は晩年に人とものを語らなくなり、特に修行もせず、無言のまま入滅した。智光は、頼光の晩年の様子から後生を心配して、二、三カ月祈念した。すると夢の中で頼光のいる極楽に行くことができた。頼光は、ここは汝のいるべき所ではないから早く去れと告げ、自分はひたすら阿弥陀仏の相好、浄土の荘厳を観想し続けたので、ここに生まれることが出来たのだと言った、智光は悲泣して往生の道を問うと、頼光は阿弥陀仏の前に導いた。仏は右手の掌中に小浄土を表し、このような仏浄土を観ずべしと教えた。夢より覚めた智光は、夢中に見た浄土を画工に描かせて、一生これを観じ、ついに極楽浄土に往生することができた。

智光が感得したという浄土曼荼羅は元興寺極楽坊に安置された。中世以降、「智光曼荼羅」として広く庶民の信仰を集め、智光は日本浄土教の第一祖としてあがめられるようになった。『三国仏法伝通縁起』にも、次のように記されている。

智光頼光は奈良新元興寺の住侶なり。仙光院を立て、法宗を引通す。極楽房を荘厳し、安養依正の図を彼房に安置す。是智光法師の建立する所也。

（『三国仏法伝通縁起』巻中「三論宗」）

智光は説話の多い人物で、『今昔物語集』巻第十一「行基菩薩、仏法を学び人を導ける語」第二には、『日本霊異記』中巻第七縁を書承する行基智光説話に続けて、真福田丸の説話が語られている。智光の第三の説話である。

行基は前世、和泉国大鳥郡の人の娘だった。智光は幼少の頃、その家に使われる真福田丸という下童だったが、道心を発し、暇を乞うた。娘は出家する真福田丸のために片袴を縫った。やがて智光は元興寺の位の高い老僧となり、法会の講師に呼ばれたとき、論議を出す少僧がいた。少僧は「真福田ガ修行ニ出デシ日藤袴我レコソハ縫ヒシカ片袴ヲバ」と言った。智光は大いに憤慨したが、少僧は笑いながら逃げ去った。実は少僧は娘が生まれ変わった行基菩薩だった。

真福田丸説話は『今昔物語集』を初出とし、諸説話集のほかに『奥義抄』『古来風躰抄』などの歌学書に多く採録されている。行基信仰が浸透し、さまざまな行基説話が生まれる中で成立した説話であろう。もとは独立した説話であったものが、行基の引き立て役として聞こえた智光が真福田丸の役を担わされることになり、智光の地獄譚と一続きの説話として語られるようになったものかもしれない（本書第二部第三章）。

奈良時代の仏教は律令的国家仏教といわれ、僧尼は国家に奉仕する存在として、国家の規制と保護を受けた。得度・受戒・師位を授ける時には、それぞれ国家発行の証明書である公験を必要とした。「僧尼令」によって律令的秩序の厳守が要求され、優秀な官僧集団育成のために学業が奨励された。教学に励んだ智光は、模範的官僧であったといえよう。

「智恵第一」に加えて、三十年間「専憩松林練身研神」（『般若心経述義』序）したという経歴から、『萬葉集』の元興寺の僧の「独覚多智」の人物像を、そのまま智光に重ねることができる。優秀な学僧であったにもかかわらず、智光は僧綱に抜擢されることがなかった。天平十年に、元興寺からは行信が律師に補任されている。(4)「白珠は人に知らえず」と読んだ元興寺の僧の慨嘆は、彼のものでもあったであろう。

三

『萬葉集』一〇一八番、元興寺の僧は身の才を「自嘆」した。「嘆（歎）」は「ほめる」の意もあり、「自嘆（歎）」は「自ら讃える」の意も有する。(5)仏典には「自讃」の意で「自歎」とする例がみられる。

復次に、一切の諸の外道の出家は心に念へり。「我が法は微妙第一清浄なり」と。是の如きの人は自ら所行の法を歎じ（如是人自歎所行法）、他人の法を毀呰す。是の故に現世には相打ち闘諍し、後世には地獄に堕して、種種無量の苦を受く。偈に説くが如し。

自法の愛染の故に、他人の法を呰毀せば、持戒の行人と雖も、地獄の苦を脱せず。（『大智度論』巻第一）

この経文は自讃毀他（自らをほめ、他をそしる）を戒めるもので、梵網戒の「自讃毀他戒」に相当する。傍線部「自歎」は、自讃毀他戒の「自讃」にあたる。

本書17・33・57・73・95頁でも述べたように、梵網戒は、『梵網経』に説かれる十重禁四十八軽戒で、三聚浄戒を説く『瑜伽師地論』の瑜伽戒とともに、菩薩戒の代表的なものである。十重禁は、不殺・不盗・不婬・不妄語・不酤酒・不説過罪・不自讃毀他・不慳・不瞋・不謗三宝の十戒で、菩薩の波羅夷（重罪）とされる。

自讃毀他戒は、梵網第七重禁戒である。

> 若ぢ仏子、自讃毀他し、亦人を教へて自讃毀他せしめば、毀他の因、毀他の法、毀他の業あらん。而も菩薩は応に一切衆生に代りて毀辱を加ふるを受け、悪事をば自ら己に向へ、好事をば他人に与ふべし。若し自ら己が徳を揚げて他人の好事を隠し、他人をして毀を受けしめば、是れ菩薩の波羅夷罪なり。（『梵網経』巻下）

「自嘆（自讃）」した『萬葉集』の元興寺の僧は、菩薩戒の立場からみれば、自讃毀他戒を半分犯しかけていることになる。

『日本霊異記』中巻第二縁の智光は、行基の大僧正着任を妬み、自分を讃辞したのみならず、行基を謗った。つまり、智光は、自讃毀他戒を犯してしまったことになるのではないか。

最澄は『山家学生式』に、

> 乃ち道心あるの仏子を、西には菩薩と称し、東には君子と号す、悪事を已れに向へ、好事を他に与へ、己れを忘れて他を利するは、慈悲の極みなり。

と、『梵網経』自讃毀他戒の文句を引用している。自讃毀他戒は菩薩戒独自の、大乗利他の精神にもとづく重要な戒である。法蔵『梵網経菩薩戒本疏』巻第三には、自讃毀他戒の制意として四意を揚げる。その一に、

正行に乖くが故に。菩薩ば理として宜しく密行を内に蘊みて他の徳を讃揚し、曲を攬て己に向け、直を推して人に与ふべし。何ぞ反って自徳を揚げて非理に他を毀るべき。行を失すること甚だしきが故に須らく制すべきなり。

二に、

大損を成ずるが故に。謂はく自讃は善根を耗減し、毀他は便ち罪業を招く。

三に

自讃は他の信心を壊り、毀他は便ち化を受けず。

四に、

衆生を誤累するが故に。謂はく他人倣習して善を失し悪を成じ、物を損するの甚だしきが故に宜しく制すべきなり。

「密行を内に蘊」むことを忘れた智光の行動は、菩薩の「正行に乖く」ものであった。「毀他は便ち罪業を招く」という通り、智光は行基菩薩誹謗の「口業罪」「誹謗罪」で地獄に堕したのである。大乗菩薩僧であったならば、決して自讃毀他を犯すことはなかった。『日本霊異記』における智光の人物像は、小乗の域にとどまる僧としてとらえ得る。(6)

智光は行基を「行基沙弥は浅識の人にして、具戒を受けず」と非難した。「具戒」は具足戒の略で、小乗戒における正式な僧になるための戒である。小乗戒には、在家信者（優婆塞・優婆夷）の五戒、沙弥・沙弥尼の十戒、僧の具足戒（二百五十戒）という段階がある。智光は、小乗戒の基準で、行基は僧として半人前の沙弥のくせにと謗ったのである。智光は小乗戒的立場から優越感を抱いていたが、行基は「時の人欽み尊び、美めて菩薩と称」えられていた。「内には菩薩の姿を秘め、外に声聞の形を現し」、己を誇示することは決してなく、梵網菩薩戒にかなう真の菩薩であった。

行基は『舎利瓶記』によると、天智七年（六六七）に河内国に生まれ、天武十年（六八一）に私度僧として出家した。生涯を通じて民衆を対象とした布教活動と社会福祉に従事し、『続日本紀』卒伝には「留止するの処に皆道場を建つ。其畿内には凡四十九処。諸道にも亦往々にして在り」（天平二十一年二月二日）とある。

養老期には造営中の平城京を中心に大規模な知識集団を形成していたが、僧尼令違反の行動として国家の弾圧を受けた。

凡そ僧尼は、寺家に寂居して、教を受け道を伝ふ。令に准るに云はく、「其れ乞食する者有らば、三綱連署せよ。午より前に鉢を捧げて告げ乞へ。此に因りて更に余の物乞ふこと得じ」といふ。方に今、小僧行基、并せて弟子等、街衢に零畳して、妄に罪福を説き、朋党を合せ構へて、指臂を焚き剝ぎ、門を歴て仮説して、強ひて余の物を乞ひ、詐りて聖道と称して、百姓を妖惑す。道俗擾乱して、四民業を棄つ。進みては釈教に違ひ、退きては法令を犯す。

（『続日本紀』養老元年四月二十三日）

僧尼令は、小乗律典『四分律』にもとづく唐の道僧格に準じて作成されていたため、衆生利益の菩薩思想に相反するところが多く、僧尼令の制限内にあっては、布教や福祉などの菩薩行を実践することができなかった。行基の行為は、僧尼令には違反するものであっても、菩薩戒に従うものであった。

行基は出家当初、『瑜伽師地論』『唯識論』などの法相唯識を学んだという。二葉憲香氏は、行基の反政府的行動は、『瑜伽師地論』の「増上増上なる宰官の上品の暴悪ありて、諸の有情に於て慈愍あること無く専ら逼悩を行ずるを見ば、菩薩見已りて憐愍の心を起し、利益安楽の意楽を発生し、力の能くする所に随って増上等の位を若しは廃し、若しは黜く」の所説によって触発されたものであるという(7)。氏は行基が瑜伽戒を選択支持したとし、また石田瑞麿氏は、梵網戒によって行基の行為を説明している(8)。吉田靖雄氏は、行基の思想的基盤には、瑜伽戒と梵網戒を併せ含む大乗菩薩戒があったとしている(9)。

二葉氏らが指摘するように、前掲『続日本紀』傍線部の「街衢に零畳して、妄に罪福を説」くことは梵網第三十九軽戒、第四十五軽戒、「門を歴て仮説して、強ひて余の物を乞」ふことは梵網第四十七軽戒と瑜伽戒の第四軽戒・第三十九軽戒、「詐りて聖道と称して、百姓を妖惑す」ることは瑜伽戒の第四十三軽戒にかなう行動である。

天平十年代より、僧名に菩薩の称号を附した菩薩僧が文献にあらわれる(10)。同時期に、優婆塞貢進解文に『梵網経』『瑜伽菩薩地』等が見られるようになり、『瑜伽師地論』『梵網経』等の菩薩戒関係の写経が増加する。伊藤唯真氏はこれらの事実を指摘し、「菩薩としての生活を実行し、また菩薩たる自覚を高めんとする気運を醸していたことを暗示していよう」と述べている(11)。

天平期に入って、国家の仏教政策に変化が兆す。弾圧にもかかわらず、行基集団を初めとする民間仏教は、有力豪族を外護者として勢力を強め、政府は否定し続けることができなくなった。天平三年（七三一）、行基に随逐する優婆塞優婆夷に対し、制限付きで得度を許可した。仏教に護国的公験を期待した聖武天皇は、天皇が願主となり国民を知識とする仏教国家の理想を打ち立て、天平十五年（七四三）、大仏建立の大願を発した。天平十七年、行基は大僧正に任命される。私度禁圧の立場から、高揚する民間仏教を国家仏教の内に取り込もうとする政策の転換を顕著に示している。

一方、私度禁圧の緩和に加え、大法会の度に繰り返された臨時得度によって、僧尼の質的低下という問題が生じた。そうした現状を嘆いた僧たちは、如法の授戒が行われ、戒律が学習・護持されることを望み、元興寺僧隆尊は舎人親王に伝戒師を招くことを進言した。天平五年（七三三）、興福寺僧栄叡・大安寺僧普照に入唐の勅許が下り、天平八年に道璿、天平勝宝五年（七五三）に鑑真の来朝をみた。

天平勝宝四年、東大寺毗盧舎那仏開眼会が執り行われた。天平勝宝七年には東大寺に戒壇院が完成して、我が国において正式の授戒が開始された。鑑真は大小の戒律を併用し、梵網戒による授戒は、鑑真渡来以後とされている。天平勝宝八年には、東大寺・大安寺・薬師寺・元興寺・山階寺において『梵網経』の講経が行われ、経六十二部を写し六十二国で講ずることが計画された。一部の僧尼のものであった『梵網経』を中心にする戒律思想と、それにともなった大乗菩薩思想が、国家的規模で急速に普及したことと推測される。

中巻第七縁における智光と行基は、戒律の視点から解釈した場合、小乗僧対大乗菩薩僧という対照をなしている。

冒頭の叙述によると、智光は「天然聡明にして、智恵第一」であり、行基は「俗を捨て欲を離れ、法を弘め迷を化す。器宇聡敏くして、自然生に知」る人物であった。生まれながらにして聡明である点では、智光は行基の資質に匹敵する。智光に欠けていたのは、「法を弘め迷を化す」という、利他行である。利他の精神と実践こそ、菩薩を声聞・独覚の小乗と決定的に分別するものである。

地獄で罪を償い蘇生した智光は、行基のもとへ行って発露懺悔し、余罪を免れることを願った。行基は神通力によって智光がやってきた理由を知っていたが、「顔を和らげて嘿然」するのみであった。懺悔について『梵網経』巻下序文に、

自ら罪有りと知らば当に懺悔すべし。懺悔すれば即ち安楽なり。懺悔せざれば罪益深し、罪無くんば黙然せよ。黙然するが故に当に知るべし。衆清浄なりと。

とある。懺悔する智光に対して「嘿然」する行基の姿は、持戒清浄たる菩薩であることを自ら物語っている。後の智光は「法を弘め教を伝へ、迷を化し正に趣」かせたという。自らの卑小さを悔い、大乗の利他行に勤めたのである。智光の行基への誹謗、地獄での処罰、蘇生とたどる説話の筋は、智光の懺悔・改心、すなわち小乗の敗北・大乗の勝利をもって結ばれる。

行基が「内に菩薩を秘め、外に声聞を現す」という表現は、『妙法蓮華経』にもとづく。

この故に諸の菩薩は　声聞・縁覚と作りて　無数の方便をもって　諸の衆生の類を化して　自ら「これ声聞なり

仏道を去ること甚だ遠し」と説きつつ　無量の衆を度脱《すくひ》て　皆、悉く成就することを得せしめ　小欲・懈怠のものと雖も　漸く当に仏と作らしむべし。内に菩薩の行を秘し　外にこれ声聞なりと現して　小欲にして生死を厭へども　実には自ら仏土を浄むるなり。

（『妙法蓮華経』巻第四、五百弟子受記品）

この経説は、菩薩は、声聞などの姿に化してこの世にあらわれ、無数の方便をもって衆生を悟りに導くというものである。行基の賤しい沙弥の仮の姿は、智光に誹謗の罪を犯させ、大乗の心を起こさせるための方便であったとも受け取ることができる。

本書第一部第五章で述べたように、『日本霊異記』には、『梵網経古迹記』などの『梵網経』注釈書の引用がみられる。中巻第七縁④の、

所以《このゆえに》に不思議光菩薩経に云はく、「饒財菩薩賢天菩薩の過を説きしが故に、九十一劫常に婬女の腹の中に堕ちて生れ、生れ已りて棄てられ、狐狼に食はる」とのたまふは、其れ斯れを謂ふなり。

も、第一部第五章でB例とした引用で、『不思議光菩薩経』から直接の引用ではなく、『梵網経古迹記』または『梵網経菩薩戒本疏』『梵網経略疏』の説四衆過戒の釈文に見られる文章の引用である。『日本霊異記』において、「菩薩」の概念に梵網戒の影響があったことは確かである。

上巻序に、「また大僧等、徳は十地に侔《ひと》しく道は二乗に超えたり。」とあるように、『日本霊異記』における「大僧」とは、菩薩の十地の徳をそなえ、二乗（声聞・独覚）を超えた存在、すなわち「菩薩」に規定され、『霊異記』の根底

に大乗菩薩思想が貫かれていることが知られる。中巻第七縁は、行基が、まさしく小乗を超越した菩薩の大僧であることを語る説話であった。

行基生前の信者たちは、民衆利益と霊異神験の面で行基を菩薩と称していた。『続日本紀』行基卒伝（天平二十一年二月二日）には、「既にして都鄙を周遊して衆生を教化す、道俗化を慕ひて追従する者、動《やや》もすれば千を以て数ふ」「和尚、霊異神験、類に触れて多し。時の人号《なづ》けて行基菩薩と曰ふ。」とある。その後、宝亀四年の記事には、「戒行具足、智徳兼備」(12)とある。行基の没後、菩薩戒に対する認識が高まったせいであると思われ、中巻第七縁に語られるような行基像が形成されたのはその頃ではないかと思われる。中巻第七縁には、菩薩戒受持と、小乗的な学僧の教化という、「戒」と「行」の両面から、大乗菩薩思想が語られている。

堀一郎氏は、本話を、優婆塞的実践形態と大僧的学智形態との対立と解する。(13)奈良時代末期、国家権力と癒着した南都教団では、僧尼の乱脈化が進み、律令的学問仏教を反省する風潮が生まれた。宝亀三年三月、十禅師の制が定められた。奈良時代より「禅師」は山林修行者の称であり、「或は持戒称するに足り、或は看病声を著す」十師が選ばれた。(14)仏教の実践面が評価されるようになったことを示している。「戒行具足」は、当時の僧尼の理想像でもあった。

天台・真言両宗の実践的平安新仏教は、こうした動向の中から成立した。最澄の『山家学生式』は、山林仏教と浄戒を重んじ、菩薩僧育成を目指して著したものである。わが国には小乗のみが伝わり、大乗はいまだ存在せずと述べ、小乗戒を廃して比叡山において梵網戒の授戒を行い、十二年の籠山修行によって菩薩僧を養成する制度の勅許を願った。

本話に、小乗的な僧の代表として「智恵第一」の模範的学僧・智光が選ばれたところに、『日本霊異記』が成立した奈良末期から平安初期にかけての宗教観が象徴されていよう。

四

『日本霊異記』上巻「三宝を信敬《うやま》ひて現報を得る縁」第五の説話の後半部に、大部屋栖野古連公の蘇生譚が収録されている。

推古天皇三十三年（六〇五）、屋栖野古が五色の道を歩いていくと、照り輝く黄金の山があった。そこには亡くなった聖徳太子が立っており、共に山の頂に登ると、一人の僧がいた。太子は僧に敬礼して、屋栖野古は「東宮の童」であり、八日後剣の難に遭うので仙薬を飲ませてやってほしいと申した。僧は環《たまき》から一つの玉を取って屋栖野古に飲ませ、「『南無妙徳菩薩』と三遍誦礼させよ」と太子に言った。僧の前から引き下がって、太子は屋栖野古に、「お前はすぐ家に帰り、仏を作る場所を清掃しておくように。自分は悔過を終えたならば東の宮に帰って仏を作ろう」と言った。

景戒は、次のように解釈する。八日後の剣の難とは八年後の宗我入鹿の乱に当たる。黄金の山は五台山、東の宮は日本の国のことで、妙徳菩薩は文殊師利菩薩であった。太子が「仏を作る」とは、聖武天皇として日本に再び生まれ、仏を作るということであった。その時共に住んだ行基は、文殊師利菩薩の化身であった。

行基大徳は文殊師利菩薩の反化なりけり。

（『日本霊異記』上巻第五縁）

屋栖野古が山頂で会ったという比丘は、明記されていないが、おそらく文殊菩薩であろう。その化身が、東大寺大仏造像に貢献した行基であるという。行基は、生前より菩薩の敬称を受けていたが、死後、文殊師利菩薩の化身に擬せられるようになった。『日本霊異記』成立時期には、行基即文殊観が定着していたと思われる。

本書第一部第四章でも述べたように、文殊師利菩薩は大乗の智恵を司ると考えられ、多数の大乗経典に登場する菩薩である。文殊菩薩がいたという黄金の山・五台山は、中国の山西省にある霊山で、古くより『大方広仏華厳経』に説かれる清涼山にあてられ、文殊師利菩薩処住の地として信仰されていた。五台山の状況を記した『古清涼伝』が華厳宗全盛期の天平年間に請来されており、五台山文殊信仰は、奈良時代にすでに日本でも知られていたものと思われる。

奈良時代における文殊信仰は主に『大方広仏華厳経』『維摩経』に依拠する学問の神としてであった。平安時代に入り、元興寺僧泰善の提唱によって、天長五年（八二八）に文殊会が設置された。

太政官符

右僧綱牒を得て偁す。僧正伝灯大法師位勤操、元興寺伝灯大法師位泰善等に贈す。畿内郡邑に広く説件の会を設けて、飯食等を弁備して貧者に施給す。此れ則ち文殊般涅槃経に所依して云はく、若し衆生有りて文殊師利の名を聞かば、十二億劫の生死の罪を除却せん。若し礼拝供養せば、生々の処、恒に諸仏家に生る。文殊師利の威神の為に護る所なり。若し供養し福業を修せむと欲へば、即ち身を化して貧窮孤独悩衆生と作し、行者の前に至るとすることに依る所也。（後略）

（『類聚三代格』巻二、経論幷法会請僧事）

文殊会は『文殊師利般涅槃経』の経説によって行われたものであった。『文殊師利般涅槃経』に見られる文殊菩薩は、若し人有って念じて、若し供養して福業を修せんと欲せば、即ち自ら化身して、貧窮孤独なる苦悩の衆生となつて行者の前に至らん。

（『文殊師利般涅槃経』）

と、自ら貧者に反化する苦民救済者であった。文殊会は、泰善が法華八講の創始者として名高い勤操と共に貧者救済を目的として計画したもので、官符布行以前から私的に行われていた。『文殊師利般涅槃経』の所説による民衆救済者としての文殊信仰が、平安初期には普及していたことが知られる。行基は、こうした文殊観から、文殊菩薩の化身として信仰されるようになったといわれる(15)。

また、『大智度論』に、弥勒菩薩・文殊菩薩等は出家の菩薩とあるように(16)、文殊菩薩は僧形を取るという通念があり、五台山には文殊菩薩が僧の姿を借りて出現するという伝承が多かった。文殊菩薩の行には衆生に対する食物の施給があり、行基は布施屋を設けて貧苦の民に食物を供与した。僧形と食物施与の二点の相似もあり、行基は文殊菩薩に比定されたと考えられている(17)。

智光が中巻第七縁で、閻羅王の使者に西を指して最初に連れていかれたのは金の楼閣であった。閻羅王の使いは、「葦原の国にして名に聞えたる智者、何の故にか知らざる、当に知れ、行基菩薩将に来り生れむ宮なり」と言った。この金の楼閣と上巻第五縁に見られる「黄金山」は、日本より西方にある点、行基の在所である点が共通する。金の楼閣は、五台山の文殊化現の霊跡金剛窟などからきたものであろうといわれる(18)。あるいは、日本人初の五台山参詣者行賀などによって伝えられた五台山の塗金の寺・金閣寺の知識が背景になっている可能性もある(19)。

閻羅王の使いは智光に「葦原の国に名と聞とある智しき者」と言い、金の楼閣の問に立つ神人は「是れ豊葦原の水穂の国に有り謂はゆる智光法師か」、「師を召す因縁は葦原の国に有りて行基菩薩を誹謗《そし》りき」、「彼の菩薩は葦原の国を化《をし》へ已りて、此の宮に生れたまはむとす」と言った。また智光は懺悔の後、「白壁の天皇の世に、智嚢は日本の地に蜕《もぬ》け、奇神の知らざる堺に遷」った。智光・行基が生まれ、活躍する地を、「葦原の国」「日本の地」と繰り返し述べている。文殊信仰の世界観は、中国五台山を中心とする。そのため、あえて日本を他国として表現するために「葦原の国」「日本の地」と呼称したものかと思われる。

『文殊師利般涅槃経』に「若し衆生有りて但文殊師利の名を聞かば十二億劫生死の罪を除却せん」とあり、先に挙げた文殊会の太政官符には、この部分が引用されている。文殊菩薩には、永劫の罪を除く功徳があった、智光の懺悔滅罪の下りは、行基を文殊菩薩と仰ぐ人々には深い意味をもって読まれたであろう。

行基は単なる菩薩僧ではなく、大乗仏教の中でも高い位置につく文殊師利菩薩の化身であった。凡夫の眼には民衆に交わる僧の姿が映るのみであったが、智光は堕地獄によって、行基が「明らかに聖人なることを知」った。

智光は、行基が文殊菩薩であることを明らかにするために、地獄に行ってきたともいえる。この説話には、小乗僧と大乗菩薩の比較説話という筋立てに加えて、行基即文殊説話というもう一つの筋を読み取ることができるのである。

五

中巻第七縁は、大乗小乗比較説話に、行基即文殊説話を綴り合せることによって、行基菩薩像の輪郭に焦点をより強く絞っている。主眼は、行基の中に秘められた「菩薩の儀」を明かし、行基菩薩の徳を宣揚することにあった。説話は、民衆に行基信仰を宣布する役割を果したことであろう。

行基は上巻第五・中巻第二・七・八・十二・二十九・三十縁に登場するが、「行基菩薩」と称されるのは中巻第七縁のみで、ほかはすべて「行基大徳」である。また、『霊異記』各説話は大抵が評語や経典の引用で閉じられ、登場人物の遷化の記事による結びは、ほかに見られない。数ある行基説話の中でも、中核的存在として別格に扱われたものと推察される。

同説話は、『三宝絵』『日本往生極楽記』『法華験記』『今昔物語集』などにも収録されている。ほぼ同じ筋であるが、蘇生後に智光が行基を訪ね、「涙をながしてとがをくゆ」（『三宝絵』巻中）「涙を流して罪を謝せり」（『日本往生極楽記』）「智光地に伏して、涙を流して罪を謝せり」（『法華験記』巻上）「智光ハ杖ニ懸テ、礼拝恭敬シテ、涙ヲ流テ罪ヲ謝シケリ」（『今昔物語集』巻第十一）で結ばれている。後の智光が「法を弘め教を伝へ、迷を化し正に趣かせ」たという結末が欠け、小乗の僧を大乗に導くという主題が失われている。行基菩薩信仰が定着した後には、学僧智光の堕地獄説話としての面白さが眼目になり、行基菩薩伝説の一挿話として語り継がれていったものと思われる。

注

（1）薗田香融「古代仏教における山林修行とその意義」（『平安仏教の研究』法蔵館、一九八一年）参照。
（2）拙稿「元興寺之僧自歎歌一首」（『成城国文学』第五号、一九八九年三月）参照。
（3）天平勝宝七年八月二十一日「紫微中台請経文」。
（4）「以行達法師。栄弁法師。為少僧都。行信法師為律師」（『続日本紀』天平十年閏七月九日）。
（5）「嘆」は、観智院本『類聚名義抄』仏中に「ナゲク」「ホム」の訓がある（注（2）拙稿参照）。
（6）中村史氏は、中巻第七縁が本来は「謗三宝戒（毀謗三宝戒）」を教える説話だったのを「説四衆過戒（談他過失戒）」を教える話に転換したらしいことを述べている（『日本霊異記と唱導』）。本書第一部第五章注（11）参照。

（7）二葉憲香『古代仏教思想史研究』第四篇第二章（永田文昌堂、一九六二年）参照。
（8）石田瑞麿『日本仏教思想研究3』Ⅱ（法蔵館、一九八六年）参照。
（9）吉田靖雄『日本古代の菩薩と民衆』（吉川弘文館、一九八八年）参照。
（10）天平十三年書写『大般若経』巻第三〇六跋文に「報信菩薩」、天平十七年書写『瑜伽師地論』巻第二十一跋文に「万瑜菩薩」「信瑜菩薩」の名などがみえる（『日本写経総鑑』、『寧楽遺文』中巻参照）。
（11）伊藤唯真「奈良時代における菩薩僧について」（『仏教大学研究紀要』第三十三号、一九五七年四月）参照。
（12）「勅。故大僧正行基法師。戒行具足。智徳兼備。先代之所推仰。後生以為耳目」（『続日本紀』宝亀四年十一月二日）。
（13）堀一郎『我が国民間信仰史の研究』（創元新社、一九六七年）参照。
（14）「禅師秀南。広達。延秀。延恵。首勇。清浄。法義。尊敬。永興。光信。或持戒足称。或看病著声。詔充供養。並終其身。当時称為十禅師。其語有闕。択清行者補之」（『続日本紀』宝亀三年三月六日）。
（15）堀池春峰「南都仏教と文殊信仰」（『大和文化研究』第十四巻第二号、一九六九年）参照。
（16）「水天優婆塞菩薩慈氏妙徳菩薩等。是出家菩薩」（『大智度論』巻第七）。
（17）注（9）吉田氏前掲書参照。
（18）「奈良朝に於ける五台山信仰を論じ東大寺大仏造顕思想の一端に及ぶ（一）、（二）」（『史学雑誌』第四十一編第十号、一九三〇年）参照。
（19）『宋史』日本伝に「白壁天皇二十四年、遣二僧霊仙行賀、入唐令五台山学仏法」とある（本書第一部第四章81頁参照）。行賀は天平勝宝五年（七五三）に入唐、延暦二年（七八三）までに帰朝したが、霊仙は延暦二十三年（八〇四）に入唐し、五台山において寂した。金閣寺は、唐代に密教を興隆させた不空が、永泰二年（七六六）に建立助成を願い出、大暦二年（七六七）には完成していたといわれる（山崎宏「不空三蔵」、『隋唐仏教史の研究』所収）。吉田氏は、景戒が『霊異記』の稿本をまとめた延暦六年頃には、行賀によって五台山金閣寺のことが日本仏教界に知られるようになり、五台山金閣寺↓塗金の寺↓黄金の山（上巻第五縁）のイメージが成立していたのであろうと述べている（注（9）参照）。

第二章　智光曼荼羅縁起説話考

一

南都元興寺極楽坊には、「智光曼荼羅」と称される浄土変相が三種伝わる。最古の板絵本は、縦二一七糎・横一九五糎の板地に着色されたもので、須弥壇上厨子の後壁にはめ込まれていた。十二世紀後半の制作とみられている。『無量寿経』に依拠する浄土変相で、虚空段・楼閣段・三尊段・宝池段・舞楽段を完備し、中国中原晩唐の形式を踏んでいる。(1)ほかの浄土変相にみられない最大の特徴は、画面下方の舞楽段左右の橋の上に、向き合って端坐する二人の比丘の姿である。智光曼荼羅の縁起説話に語られる智光と頼光と見なされている。頼光の出自来歴は不明だが、智光は、前章の『日本霊異記』中巻第七縁に登場した人物である。(2)

智光曼荼羅の縁起説話は、十世紀末に編纂された『日本往生極楽記』を初出とする。

元興寺の智光両の僧は、少年の時より同室修学せり。頼光暮年に及び人と語せず、失するところあるに似たり。智光怪しびてこれを問ふに、すべて答ふる所なし。数年の後頼光入滅せり。智光自ら歎きて曰く、頼光はこれ多年の親友なり。頃年言語なく行法なく、徒にもて逝去せり。受生の処、善悪知りがたしといへり。二三月の間、心を至して祈念す。智光夢に頼光の所に到りぬ。これを見るに浄土に似たり。問ひて曰く、これ何処かといふ。答へて曰く、これは極楽なり。汝が懇志をもて、我が生処を示すなり。早く帰去すべし。汝が居る所にあらずといふ。智光曰く、我浄土に生れむことを願ふ。何ぞ還るべけむやといふ。頼光答へて曰く、汝行業なし。暫くも留るべからずといふ。重ねて問ひて曰く、汝生前に所行なかりき。何ぞこの土に生るることを得たるかといふ。答へて曰く、汝我が往生の因縁を知らざるか。我昔経論を披き見て、極楽に生れむと欲ひき。靖《しづか》にこれを思ひて、容易《たやす》からざることを知りき。これをもて人事を捨て言語を絶ちき。四威儀の中に、ただ弥陀の相好、浄土の荘厳を観じけり。多年功を積みて今纔に来れるなり。汝心意散乱して善根微小なり。いまだ浄土の業因とせむには足らずといふ。智光自らこの言を聞きて、悲泣して休《や》まず。重ねて問ひて曰く、何にしてか決定して往生を得べきやといふ。頼光曰く、仏に問ふべしといふ。即ち智光を引きて共に仏の前に詣りぬ。智光頭面礼拝して、仏に白して言はく、何の善を修してか、この土に生まるることを得むかといふ。仏、智光に告げて曰く、仏の相好、浄土の荘厳を観ずべしとのたまふ。智光言はく、この土の荘厳、微妙広博にして心眼及ばず。凡夫の短慮何ぞこれを観ずることを得むといふ。仏即ち右の手を挙げて、掌の中に小浄土を現じたまへり。智光夢覚めて、忽ちに画工に命じて、夢に見しところの浄土の相を図せしめたり。一生これを観じて終に往生を得たり。

（『日本往生極楽記』第十一話）

二

智光曼荼羅は、当麻曼荼羅・青海曼荼羅とともに浄土三曼荼羅とされている。正本は宝徳三年（一四五一）の火災で焼失したという(3)。

元興寺に現存するのは、板絵本のほか、絹本著色の小型の厨子入り本（明応六年か）、絹本著色の軸装本（十五世紀）である。智光曼荼羅は十一世紀頃から盛んに転写され、十四世紀頃には「世争って模写す」（『元亨釈書』巻第二）という状況だった。元興寺以外にも各地に十種余り残存している。

元興寺は、平城京遷都にともなって飛鳥の飛鳥寺を新京に一部移建した官寺である。天平時代には四大寺の一つに数えられる大寺院だった。南大門・金堂・講堂・回廊・五重塔・僧房・食堂などの壮大な伽藍を構え、寺域は南北四町・東西二町に及んだ。三論・法相宗の本山として興隆し、『今昔物語集』は「此ノ寺ニ僧徒数千人集リ住シテ、仏法盛也。法相・三論、二宗ヲ兼学シテ多ノ年序ヲ経」（巻第十一、「聖武天皇始造元興寺語」第十五）と伝えている。平安遷都後、朝廷の保護を失って寺勢は衰え、寺地は次第に民家に侵食された。中世には金堂等を失う火災にも見舞われ、本堂である極楽坊を中心にする町中の寺院になった。昭和十八年より二十九年にかけて、極楽坊の大規模な解体修理と調査が行われ、本堂及び禅室が、奈良時代の僧房の一部を改造したものであることが判明した。

昭和の大修理の際に、地下や天井裏から、千体仏・印仏・摺仏・こけら経・卒塔婆や納骨器など、膨大な量の信仰資料が発見された。平安末期から江戸初期にわたる庶民のものである。遺物には、浄土信仰・聖徳太子信仰・弘法大師信仰などのほか、多種多様の民間信仰が認められる。かつての官大寺が庶民の寺として繁栄し、江戸幕府の寺院統制により勢力が封じられるようになるまでの幾世紀もの間、人々の素朴で真摯な信仰を集めていたことが知られる。

説話の主人公智光について前章で述べたが、多数の著述の中に、浄土教関係の著として『無量寿経論釈』『四十八願釈』があるため、日本浄土教の始とされていることを追補しておく。

智光曼荼羅の説話は、九世紀の元興寺内の説話集『日本感霊録』にみえないため、十世紀ごろの成立と目されている。『日本霊異記』の智光説話と智光曼荼羅の説話は舞台や登場人物などが異なるが、説話の構成に類似点を見出すことができる。まず、対照的な二人の人物の存在。主人公が異世界（冥界、極楽）に行くことになる。そこで、現世では主人公より劣ると思われていたもう一人の僧が、実ははるかに優れていたことが明らかになるという運びである。仏教説話においてこうした筋立ては決して珍しくはない。例えば、『集神州三宝感通録』の巻下「隋のとき揚州の僧」にも認めることができる。

揚州に『涅槃経』を誦し「自ら衿《ほこ》る」僧がいた。岐州には『観音経』を誦する沙弥がいた。ある時二人ともにわかに死に、閻王の所に行った。閻王は沙弥を金の高座に座らせて非常に敬ったが、僧は銀の高座に座らせてあまり重んじなかった。二人にはまだ寿命が残っていたので、やがてもとに世に還された。僧は自分が軽んじられたことを恨んで、岐州の沙弥を訪ねて理由を問うた。沙弥は、『観音経』を誦するとき、必ず特別の衣を着て特別の所で焼香、呪願し、その後で誦すのだと言った。それを聞いて僧は陳謝し、自分は罪深くも、『涅槃経』を誦するとき、威儀も整わず身も口も不浄だったと悔いて帰った。

また、唐代の善導流の浄土教者、文諗・少康が編纂した往生伝『往生西方浄土瑞応伝』に、「沙弥二人」と題する伝記が収録されている。『瑞応伝』は中国往生伝の先駆で、『日本往生極楽記』の序文にも引用されている。

弁州開化寺に二人の沙弥が住んでいた。少沙弥は大沙弥に浄土往生の業を作ることを勧め、志を同じくして五年を経た。大沙弥は命終後西方浄土に到り、阿弥陀仏に少沙弥がここに往生できるものかどうか訊ねた。仏は、「汝は他に因りて発心せり。汝生まるることを得たり。彼何ぞ疑はんや。且らく閻浮に還りて、勤めて我が名を念ぜよ。三年の後、倶に来りて我を見ん」と言った。大沙弥はよみがえり、後年、二人の沙弥は共に菩薩の来迎を見て同時に西方往生した（『瑞応伝』第二十七）。

「集神州三宝感通録」は『日本霊異記』の類話が多くみられる説話集であり、「隋のとき揚州の僧」は、行基智光の説話と、登場人物が僧と沙弥である点が共通している。『瑞応伝』の場合は、同じ極楽往生伝で、二人の沙弥が同寺に住んでいる点などが「同室修学」の智光と頼光を彷彿させる。「集神州三宝感通録」から『日本霊異記』行基智光説話へ、『日本霊異記』と『瑞応伝』から『日本往生極楽記』行基智光説話へという影響関係を想定することができる。

三

『日本往生極楽記』において、智光と頼光は、「人事を捨て言語を絶ちき。四威儀の中に、ただ弥陀の相好、浄土の荘厳を観じけり」「仏の相好、浄土の荘厳を観ずべし」「一生これを観じて終に往生を得たり」と、観想念仏によって極楽往生した。智光曼荼羅の原本が一尺四方の小型で個人の観想用であったこと、智光の浄土教思想が観想中心であったことから、「『日本往生極楽記』の所述が、必ずしも無稽の事実でなく、その浄土変が智光に帰せられて然るべきこと」(4)と指摘されている。

智光頼光の極楽往生の方法である「観想念仏」は、観念の念仏ともいい、仏の姿や極楽浄土の様子などを思い浮かべて一心に念ずることである。阿弥陀仏の名号を称えればよいという「口称（称名）念仏」に比べて、はるかに高度な能力と努力を要する難行である。奈良時代の浄土教は観想念仏中心であり、平安時代の浄土思想の主流をなしていた天台系浄土教では、観想念仏と口称念仏の兼修だった。

初期の中国浄土経は観想念仏による自力的往生が主流だった。浄土教祖師とされる廬山の慧遠が設立した最古の念仏結社・白蓮社では、主として『般舟三昧経』による見仏三昧によって、禅定を得る行を修していたという。口称念仏は、集中力を高めるためのものとして、観想念仏の補助的な存在に過ぎなかった。

口称念仏主義を打ち出したのは、六世紀の曇鸞である。浄土思想の根本に衆生救済の理念を据え、阿弥陀仏の「本願」による他力往生を主張した。『阿弥陀経』『無量寿経』とともに浄土三部経とされる『観無量寿経』は、仏が韋提希夫人のために説いた十三の観想法と、上品上生から下品下生までの九品の衆生のそれぞれの往生が説かれている。そして、下品下生には、『無量寿経』では往生できないとされている五逆十悪の極悪人でさえも、臨終の時に善知識に会い、仏名を唱えることによって極楽往生することができると説かれている。曇鸞はこの経文を根拠として口称念仏を往生の業因とし、凡夫にも可能な易行道としての価値を見出したのである。

曇鸞の教義は唐代の道綽・善導・迦才等に受け継がれ、中国浄土教の最盛期を迎えた。中でも善導は、後世に絶大な影響を及ぼした。古今楷定とされる『観無量寿経疏』を著し、徹底した口称念仏を掲げた。多数の浄土変相も制作したという。日本の浄土三曼荼羅の一つ、当麻曼荼羅は、善導の『観無量寿経疏』にもとづく観無量寿経変相である。

我が国への浄土教の伝来は、飛鳥時代にさかのぼることができる。『日本書紀』には、舒明天皇十二年（六四〇）五月、三論宗の恵隠が『無量寿経』を講説したと記されている(5)。当時より阿弥陀像や浄土画が制作されており、古代社会における阿弥陀信仰の受容が認められる。しかし礼拝対象としては、阿弥陀仏よりも釈迦や弥勒が優勢で、阿弥陀信仰が徐々に盛んになるのは奈良時代後期からであるという。信仰の内容としては、自己の往生を願う救済宗教としての浄土信仰というよりも、追善供養的な性格が強かったといわれている(6)。

教学の面では、奈良時代にはすでに浄土三部経を初めとする浄土教関係の経疏類が多く請来・書写されており、積極的に摂取されていたことが知られる。南都六宗の中でも特に三論宗・華厳宗・法相宗において研究された。しかし、善導等の著書も請来されていたが、ほとんど顧みられることはなかった。その理由について井上光貞氏は、第一に「彼らの学的関心は中国仏教諸教学の摂取・祖述にあった」こと、第二に「彼の生活環境は官寺の大僧たるにあって、救済すべき民衆的世界から遮断されていた。いな、僧侶寺院を国家に奉仕せしめようというのは、当代支配者の意図であり、僧侶の民間布教は僧尼令的仏教のむしろ忌むところでさえあった」ことを指摘している。(7) 浄土三部経のうち、『無量寿経』を中心とする研究で、往生行の実践や布教よりも、専ら学問的水準の向上に関心を寄せていたという。

智光の著作『無量寿経論釈』五巻はすでに散逸しているが、源隆国著『安養集』などに引用されている逸文が集成されている。(8)『無量寿経論釈』は世親の『往生論』について、曇鸞の『往生論注』を参考に注釈したものである。しかし、智光は曇鸞らの称名主義には消極的で、観想念仏重視の立場にあったらしい。(9) 智光の浄土教学は八世紀の浄土教学の頂点に位置するものであるが、「当時の社会の浄土信仰の大勢から孤立した存在」で、「あくまで官寺の奥深きところの学問であった」と評されている。(10)

平安時代に入り、天台系浄土教発展の基盤となったのは、円仁が創始した常行三昧（不断念仏）である。観想念仏とともに音楽的な旋律を用いて仏名を唱え、『阿弥陀経』を諷誦しつつ行道する。教義面では善導流の浄土思想に、天台止観を融合させたものである。(11)

念仏ハ、慈覚大師ノモロコシヨリ伝ヘテ、貞観七年ヨリ始メ行ヘルナリ。四種三昧ノ中ニハ常行三昧ノ中ニハ常行三昧トナヅク。（中略）身ハ常ニ仏ヲ廻ル。身ノ罪コトゴトクウセヌラム。口ニハ常ニ経ヲ唱フ。口ノトガ皆キエヌラム。心ハ常ニ仏ヲ念ズ。心ノアヤマチスベテツキヌラム。

（『三宝絵』下、僧宝八月「比叡ノ不断念仏」）

比叡山中興の祖・良源は十世紀半ばに『極楽浄土九品往生義』を著し、『観無量寿経』九品往生を天台教学によって注釈した。かつての『無量寿経』中心から、凡夫往生の道を説く『観無量寿経』主流の時代となり、善導らの教学が注目されるようになった。

康保元年（九六四）、『日本往生極楽記』の編者・慶滋保胤は、橘倚平・藤原在国・源為憲らとともに勧学会を結成した。保胤は『往生極楽記』序文に、口称念仏と観想念仏を兼修していたことを記している。

口に名号を唱へ、心に相好を観ぜり。行住坐臥暫くも忘れず、造次顛沛必ずこれにおいてせり。

寛和元年（九八五）、良源の弟子・源信は『往生要集』三巻を撰した。善導の教学を取り入れ、天台教学を背景に独自の浄土思想を体系的に説いている。観想念仏を主としながらも、凡夫易行の面から口称念仏の必要性を認めている。十世紀頃には民間布教を行う念仏行者もあらわれるようになり、浄土信仰は庶民層へと裾野を広げていった。代表的念仏僧である空也は「剋念極楽、唱弥陀名、求索般若」（『空也誄』）と観想・口称兼修だったが、

口に常に弥陀物を唱ふ。故に世に阿弥陀聖と号づく。（『日本往生極楽記』第十七話）

と、特に称名念仏が高名で、布教に果たした役割は大きい。

上人来たりて後、自ら唱へ他をして唱へしめぬ。その後世を挙げて念仏を事とせり。誠にこれ上人の衆生を化度

するの力なり。

（同）

と伝えられている。平安時代の浄土教は、凡夫易行・他力本願を謳う善導流の口称念仏主義を享受することによって、救済宗教としての発展と繁栄を遂げたのである。

天台系浄土経教学が興隆する一方で、飛鳥時代に恵隠が『無量寿経』を講説して以来、智光へと受け継がれた三論系浄土教学は、後も元興寺内に伝えられたようである。九世紀の隆海は『無量寿経』を重んじ、阿弥陀仏を観念しつつ入寂したという。

手を盥ひ口を漱き、面四方に向かひて阿弥陀仏を観念し、十念を修する毎に龍樹菩薩及び羅什三蔵弥陀讃を誦し、命終るに至るまでその声絶えず。又毎日沐浴し、此の如くすること三日、更に無量寿経を披閲して其の要文を誦し、弟子に命じて地を掃き席を展べしめ、因りて其の上に坐し、夜の分くるに至りて安坐して気絶ゆ。

（『日本三代実録』巻第四十九、仁和二年七月二十二日）

元興寺は平安初期、法相宗の護命や三論留学僧の常暁など多くの高僧を輩出したが、十世紀には経営の危機に瀕していたという。浄土教勃興の時代を迎え、寺内の浄土変相と浄土教の先学・智光の説話が、寺院再興をかけて喧伝されたものと推測される。

智光と同室修学したという頼光についての記録は『日本往生極楽記』が最古で、生没年など経歴の詳細は不明である。

四

『日本往生極楽記』の頼光は、『日本霊異記』の智光が「口業の罪」を犯したこととあたかも対照的に、「無言行」を修した。無言行は苦行の一種である。頼光の場合は観想念仏を徹底するための行だった。『日本往生極楽記』第十四話、延暦寺楞厳院十禅師・尋静が臨終を迎える時、弟子たちに「水漿を勧め問訊を致すべからず。観念を妨ぐることあるが故なり」と命じたのと同じ意図である。「口業の罪」から「無言行」へと、『日本霊異記』の智光を反転させて、『日本往生極楽記』の頼光が生まれたかのようである。

『極楽記』では、智光と頼光は対をなす人物として描かれている。前章で述べたように、『霊異記』中巻第七縁は大乗菩薩僧・行基と小乗的学僧・智光を対比することによって、行基の菩薩たる根拠を明らかにしている。こうした優劣比較の説話においては、両人物から抽出される対照的要素に、説話の思想的主題を求めることができると思われる。では、『極楽記』の智光と頼光には、どのような対照的要素が内在しているのであろうか。

智光が往生できない原因は、「心意散乱して善根微小」のためであった。「心意散乱」の「散乱」は仏教語で、煩悩に惑わされて心が乱れ定まらないことをいう。「散」「散動」ともいい、「定」「禅定」「三昧」に対する語である。唯識学では「散乱」は根本煩悩に随って起こる随煩悩の一つとされ、随煩悩三種二十のうちに数えられている。

又、契経に諸有情類の受生し命終することは、必ず、散と心とに住して、無心と定とには非ずと説けり。
（『成唯識論』巻第三）

云何なるかを定と為すや。所観の境に於て、心をして専注して散ぜざらしむるをもって性と為し、智の依たるをもって業となす。
（同、巻第五）

云何なるか散乱なりや。諸の所縁に於て心をして流蕩せしむるをもって性と為し、能正定を障へ悪慧の所依たるをもって業と為す。謂く、散乱の者は悪慧を発するが故なり。
（同、巻第六）

不定心とは、謂はく、染心なり。散動と相応するが故なり。定心とは、謂はく、善心なり。能く彼れを治するが故なり。
（『阿毘達磨倶舎論』巻第二十六）

浄土思想において、念仏は、精神統一して行う「定心念仏」と、平常心のままで行える「散心念仏」に区別される。観想念仏や、天台止観の常行三昧における口称念仏は定心念仏で、曇鸞、善導等が提唱した易行の口称念仏は散心念仏に含まれる。また、念仏に限らず、定心で修する善根を「定善」、散心のまま修する善根を「散善」という。

造逆の人の行に定散あり。観仏三昧、これを名づけて定と為し、余の善根を修するを説いて以て散と為す。
（慧遠『観無量寿経義疏』巻下）

定は即ち慮を息めて以て心を凝らし、散は即ち悪を廃して以て善を修す。
（善導『観無量寿経疏』玄義分）

頼光の修した観想念仏は、定心念仏である。「我昔経論を披き見て、極楽に生まれむと欲ひき。靖にこれを思ひて、容易ならざることを知りき」（『日本往生極楽記』）という難行だったが、頼光は人事の全てを排し、無言行を貫くことによって、定心念仏を成就し極楽往生を果たした。

すなわち、智光と頼光の人物像は、「散」と「定」という対比として把握できる。

説話には定善優位の思想が語られている。智光は夢中の極楽浄土で、現世では知り得なかった立場の逆転があることを知った。「言語なく行法なく、徒にもて逝去」したと思われた頼光が実は定善往生を遂げていたのに、自分は「心意散乱して善根微少」のために極楽に生まれることはできないと宣言されてしまった。

定善と散善の往生について、中国浄土教で『観無量寿経』の解釈をめぐる問題として論じられた。善導以前の通説では、経に説かれる三福（世福・戒福・行福）を散善、十六観を定善とし、散善では往生できないとされていた。『観無量寿経』の最古の注釈書である、随の浄影寺慧遠の著『観無量寿経義疏』巻下には、

散善の力は微にして、五逆の重罪を滅除すること能はざれば往生を得ず。

とある。こうした通説に対して、善導は異議を唱えた。

一切衆生の機に二種あることを明かす。一には定、二には散なり。（『観無量寿経疏』序分義）

と、衆生に定機と散機の別があることを明らかにし、散機の凡夫を救うことに、救済宗教としての浄土教の意義があると主張した。『観無量寿経』前十三観を定善、三福と後三観の九品を散善に配し、定散ともに往生の業因となると

解釈した。そして、定善は阿弥陀仏が韋提希夫人の請によって説いたものであるが、後三観は凡夫救済のために仏が自ら進んで説いた経典であるという「散善自開」の説を提唱、散善三観にこそ阿弥陀仏の慈悲が込められていることを論じた。散善往生を説く『観無量寿経疏』散善義は、善導の流れを汲む浄土経家に最も重んじられている一帖である。

源信は、念仏を定業・散業・有相業・無相業の四種に分類している。

一には定業。謂く、座禅入定して仏を観ずるなり。二には散業。謂く、行住坐臥に、散心にして念仏するなり。
（『往生要集』巻下）

また、善導の弟子懐感の説を引用し、共に往生が可能であることを記している。源信の善導流教学の受容を示す一例であろう。

問ふ。定・散の念仏は倶に往生するや。
答ふ、慇重の心もて念ずれば往生せずといふことなし。故に感師、念仏の差別を説いて云く、
或は深く或は浅く、定に散じ散に通ず。定は即ち凡夫より十地に終る。善財童子の、功徳雲比丘の所に於て念仏三昧を請け学びしが如し。これ即ち甚深の法なり。散は即ち一切衆生の、もしも行もしくは坐、一切の時処に皆念仏することを得て、諸務を妨げず。乃至、命終にもまたその行を成ず。
（『往生要集』巻下）

説話では、智光は阿弥陀仏から、口称念仏による散善往生ではなく、観想念仏を成し遂げる方法を授けられた。善導流浄土教学の影響は特に認められず、説話が北嶺とは異なる土壌で生まれたことを示唆しているようである。

五

『日本往生極楽記』には頼光のほかにもう一人、無言行を修した人物がいる。

摂津国島下郡勝尾寺の住僧勝如は、草庵に蟄居し、十余年の間言語を断っていた。ある夜中、戸を叩く者があった。自分は播磨国賀古郡賀古駅の北の辺に住む沙弥教信で、今日極楽に往生する。上人はある年のある月に迎えを得るだろう、と言う。翌朝、その場所に弟子を遣わして確かめさせたところ、駅の北に竹の廬があり、廬の前に死人があった。廬の中では老婆と子供が泣いていた。死人は老婆の夫で、一生昼夜休まず弥陀の号を唱えていたため、阿弥陀丸と呼ばれていたという。これを聞いた勝如は「我の言語なきは、教信の念仏に如かず」と思い、聚落に行き自他念仏をした。やがて勝如は教信に予告された二月に入滅した（『日本往生極楽記』第二十二話）。

沙弥教信は、称名念仏者の理想像として後まで伝えられた。親鸞は教信の生活を模範としていたという。『改邪鈔』には親鸞の言葉として、「常の御持言には我れは是れ賀古の教信沙弥の定なり」と記されている。

勝如の無言行は、教信の口称念仏に対比されている。「教信の念仏に如かず」と知った勝如は、草庵を出て「聚落に往き詣りて自他念仏」した。無言行は自分一人のための修行だったが、称名念仏は自利利他の行だった。「上人来りて後、自ら唱へ他をして唱へしめぬ」（『日本往生極楽記』第十七話）という、空也が広めた念仏と同じく、衆生救済の理念と一体のものである。

智光曼荼羅の説話に語られているのは、観想念仏のみである。頼光の無言行は、口称念仏をまったく寄せつけない。口称念仏主義の浸透が平安時代の浄土教隆盛をもたらしたことを考えると、前時代的とも受け取れるであろう。それにもかかわらず、智光曼荼羅の評判は高まり、寺院再興を果たすまでになった。人々の心をとらえ得た理由はどのような点に見出せるであろうか。

智光は、自分が極楽往生のためには善根が足りないことを知り、悲嘆にくれた。智光の「何にしてか決定して往生を得べきや」の問いに、頼光はなすすべがなく、阿弥陀仏の前へと導いた。智光は改めて仏に「何の善を修してか、この土に生ることを得むか」と問う。仏は「仏の相好、浄土の荘厳を観ずべし」と答えるが、智光は散心の凡夫である。広大な浄土を観ずることができない。

この土の荘厳、微妙広博にして心眼及ばず。凡夫の短慮何ぞこれを観ずることを得む。（『日本往生極楽記』）

観想念仏が凡夫にとっての難行であることは、『観無量寿経』にも記されている。観想は無限大の浄土や仏の姿を心に浮かべなければならないが、「（凡夫は）心想、羸劣にして、いまだ、天眼を得ざれば、遠く観ることあたはず」、また、「無量仏の身量、無辺なれば。これ、凡夫の心力の及ぶところにあらず」とある。

汝は、これ、凡夫なり。心想、羸劣にして、いまだ、天眼を得ざれば、遠く見ることあたはず。もろもろの仏・如来に、（別）異の方便ありて、汝をして見ることを得しむ。（『観無量寿経』序説）

もし、至心に西方に生まれんと欲する者は、まず、まさに一の丈六の像、池水の上に在ますを観るべし。さきに説きしところのごとく、無量寿仏の身量、無辺なれば、これ、凡夫の心力に及ぶところにあらず。しかるに、かの如来の宿願力の故に、憶想することある者は、必ず（仏身を観ることの）成就を得ん。ただ仏像を想ふすら、無量の福を得。いかに況んや仏の具足せる身相を観んをや。阿弥陀仏は、神通如意にして、十方の国において、変幻自在なり。あるいは、大身を現はして、虚空の中に満ち、あるいは小身を現はして、丈六、八尺なり。

（同、第十三雑想観）

『観無量寿経』は、凡夫である韋提希夫人のための十三の観想法を説いている。

初観の日想観は、誰にでも見ることのできる実際の日没を見ることから始める。しっかりと見据え、目を閉じても開いても明瞭に思い浮かべられるようにする。第二水想観は、水や氷の透明なさまを観て、浄土の透き通った瑠璃の大地を観ずる。次の地想観では琉璃地の一つ一つの様子をはっきりと思い描き、眠るとき以外は常に映像を心に留めて精神集中ができるようにする。見えるものから見えないものへと移行し、想像力と集中力を高めていくことによって観想を成就するという方法である。雑想観には、仏身は無量無辺であるが、一丈六尺の仏像を思い浮かべるだけでもよい、それだけでも限りない福を得られるのだとある。

智光曼荼羅の説話で、阿弥陀仏は、目に見ることができ、凡夫の心にも描くことのできる小さな浄土を、掌に現して見せた。

仏即ち右の手を挙げて、掌の中に小浄土を現じたまへり。

（『日本往生極楽記』）

小浄土の利益は、前掲『観無量寿経』第十三雑想観の二重傍線部「ただ仏像を想ふすら、無量の福を得」の「仏像」を、小浄土に置き換えて理解することができる。無量無辺の仏を思い浮かべられなくても、一丈六尺の仏像を想うだけで無量の福が得られるように、無辺無限の浄土を観想することが不可能であっても、ただ小浄土を観念しただけで無量の福が得られるのである。

小浄土は、智光を極楽往生に導くための阿弥陀仏の方便である。「かの如来の宿願力の故に、憶想することある者は、必ず（仏身を観ることの）成就を得ん」（『観無量寿経』第十三雑想観二重傍線部）とあるように、阿弥陀仏の「宿願力」、すなわち本願力によるものである。散心の凡夫・智光に開かれた道は、他力本願往生だった。

以上のように、智光の救済には、『観無量寿経』の経説が投影されていると思われる。智光曼荼羅は『無量寿経』変相とされているが、説話はむしろ『観無量寿経』に帰すると思われる。この点においては、『無量寿経』中心だった奈良時代の教学よりも、『観無量寿経』重視の平安時代的浄土教に、歩調が揃っている。

智光曼荼羅の正本は一尺二寸余りの小型で、「掌中示現」に相応しいものであったらしい。『観無量寿経』第八像想観には、極楽を観念する時、「極めて、明了ならしむること、掌中を観るがごとくせよ」とある。この一節が、小型の浄土変相を阿弥陀仏の「掌の小浄土」に見立てる縁起説話の成立に、示唆を与えていたかもしれない。

心眼、開くことを得て、了々分明に、極楽国の七宝の荘厳・宝地・宝池・宝樹の行列と、諸天の宝幔の、その上に弥覆し、（さらに）衆宝の羅網の、虚空の中に満つるを見よ。かくのごときの事を見るに、極めて、明了ならしむること、掌中を観るがごとくせよ。

（『観無量寿経』第八像想観）

智光の他力本願往生は、頼光の自力的な往生よりも、はるかに重い意味を持つ。救済宗教としての阿弥陀信仰の本質が込められているからである。説話は、極楽で智光と頼光の優劣の逆転が明らかにされた後、往生の方法においてさらに逆転が行われるという構成を備えている。説話の主眼は、「観想念仏」という往生への手段ではなく、「他力本願」往生という方法にあったと思われる。

智光曼荼羅縁起説話において、頼光と智光の対比は、観想念仏における「定」と「散」の対比としてとらえられる。智光の往生は、阿弥陀仏の「他力本願」による凡夫の「散善往生」なのである。

智光は卓越した学僧でありながら、行基を妬み地獄に堕ちたといわれる人物である。説話上の人物として、智光は凡夫の代表にふさわしかった。散心の凡夫の救済を語ることによって、智光曼荼羅は阿弥陀仏の慈悲の具現となり、凡夫を自覚するあらゆる階層の人々の願いを受け止めることができたのであろう。説話が、十世紀頃の、浄土教が民衆救済へと歩み出した時代の成立であったことがうかがわれる。

六

『日本往生極楽記』より一世紀程後の『今昔物語集』は智光頼光の説話を収録し、

其後、其ノ房ヲバ極楽房ト名付テ、其ノ写セル絵像ヲ係テ、其ノ前ニシテ念仏ヲ唱ヘ講ヲ行フ事、于今不《イマニ》是絶《タエ》ズ。心有ラバ、必ズ可礼奉キ絵像也トナム語リ伝ヘタルトヤ。（『今昔物語集』巻第十五、「元興寺智光頼光往生語」第一）

と結んでいる。智光曼荼羅が、「其ノ前ニシテ念仏ヲ唱ヘ講ヲ行フ」と、口称念仏を行うためのものになっていたことを伝えている。元興寺の智光曼荼羅信仰は、口称念仏大興隆の波に乗り込むことができたのである。

『時範記』承徳三年（一〇九九）八月八日条、関白藤原も師通の追善法会の際に「其儀□母屋中央間立仏台、懸極楽変曼荼羅、智光マタラ也」とある。智光の浄土変が「智光曼荼羅」と称されていたこと、天台系浄土教が風靡する京都の貴族層にも流布していたことが知られる。

十一世紀末、智光頼光の住処であった僧房のうちの三房が切り離され、念仏道場として東西の僧俗信者を集めた。保安元年（一一二〇）以前より百日念仏講が始められていた。(12) 智光曼荼羅の名声はさらに高まり、『讃仏乗抄』所収「元興寺極楽坊願文」（建久八年）は「右此院本縁ハ世皆知之、始テ述フルニ不及」と書き出している。寛元二年（一二四四）、極楽房の大改造が行われて本格的な曼荼羅堂となり、百日念仏に替わって七日念仏が慣例になった。元興寺は庶民の信仰に支えられて、新たな発展を遂げたのである。

智光曼荼羅の正本は焼失したため、智光が観じていたという浄土変相がいかなる図相であったかは知ることができない。十数種現存する智光曼荼羅には、大きく分けて三種の系譜が認められている。

第一の系譜は板絵本・『覚禅鈔』所収本（十二世紀末）を初めとするほとんどの図で、智光・頼光と比定される二人の比丘が描かれている。中尊の阿弥陀仏は未開敷蓮華合掌と呼ばれる印相を結んでいる。

第二の系譜は元興寺蔵軸装本・『国華』所収本（十四世紀）・能満院本（十五世紀）で、中尊が説法印を結び、『国華』所収本以外には二比丘像がない。ほかにも第一の系譜とは脇侍のポーズや浄土図の構成などが異なる。

第三の系譜は、阿弥陀浄土図と阿弥陀聖衆来迎図からなる異相本である。平安後期から鎌倉時代の和様化を経た後のものと考えられる。檀王法林寺本（寛永四年）・良長開板本（享保十六年）・西本願寺本（享保頃か）の三種である。

現存最古の元興寺蔵板絵本は十二世紀後半成立とされる。当時既に曼荼羅図の異本も普及していたため、覚禅は正本と流布本との異同を問題にしている。

元興寺極楽房ノ正本ヲ図之。後白河院ノ御宇。元興寺別当範玄時ニ僧都自彼ノ経蔵進覧ス。云々。件本。板ニ図之。長一尺。広一尺□寸也。普通ノ本。中尊合掌也。正本ハ不然。　（『覚禅鈔』阿弥陀下）

『覚禅鈔』の記述は「正本ヲ図之」、「普通ノ本。中尊合掌也。正本ハ不然」とあるが、『覚禅鈔』の図は中尊が未開敷蓮華合掌印のため、「普通ノ本」であったと解釈される。すなわち、第一の系譜の中尊は合掌印で流布本系、第二の系譜は説法印を結び正本の系統を引いているものと考えられる。

藤澤隆子氏は、智光曼荼羅の各系譜と正本・流布本の比定には智光説話がポイントになるとする。正本とは元興寺が旧来所蔵していた小型板絵の阿弥陀浄土図だった。後に説話が喧伝されるとともに、説話内容を絵画化した第二の智光曼荼羅が必要になって、智光頼光の二比丘像を描き込んだ流布本が制作されたのではないかと推定する。板絵本を始めとする第一の系譜が流布本系、第二の系譜が正本系に相当する、藤澤氏は、十二世紀前半には板絵本に当る記録がないことから、板絵本が流布本の始まりである可能性も指摘している。第二の系譜の『国華』所収本（十四世紀）は、制作当時、智光曼荼羅の要素として二比丘像が考えられていたため、正本図像に二比丘像を描き加えたものであろうという[13]。

永享八年（一四三六）に酉誉聖聡が著した『当麻曼荼羅疏』巻第四には、智光曼荼羅の縁起が記されている。蓮糸で曼荼羅が織られたこと、画工ではなく童子に化した観音菩薩の書写であったこと、智光が阿弥陀仏から舎利を賜ったことなどが加えられている。説話の潤色には当麻曼荼羅縁起の影響が色濃い。当時は当麻曼荼羅の方が知名であったため、智光曼荼羅の霊験を人々に、よりわかりやすく印象付けるために付加されたものと思われる。

やがて智光曼荼羅の第三の系譜の異相本が生まれた。檀王法林寺本・良長開板本・西本願寺本には下部に聖衆来迎図が描かれる。藤堂恭俊氏は、法然浄土教の圏内で生み出されたものであろうとしている。法然浄土教は、元来僧房の一室で観想の対象とされていた智光曼荼羅に、「聖衆の来迎引接の図を付加しなければ、みずからの宗教体験にふさわしい浄土教美術となすことができなかったのである」という。(14)

藤堂氏は、板絵本では阿弥陀三尊は宝楼の中に鎮座するかのように描かれているが、十四世紀末の厨子入本では少し前進し、十六世紀の軸装本では楼閣を後にして前方に進み出ていることを指摘し、「常に救うべき衆生に向って心をはこび、かよわしている仏の慈悲心が、諸菩薩をしたがえて前方へ、前方へとおしだしていったとみるべきであろう」と述べている。

智光曼荼羅の図像は各時代の信者たちとともに展開し、極楽房は様々な民間信仰をも包容してきた。古代より近世初期に亘る智光曼荼羅信仰の源は、「凡夫救済」という阿弥陀仏の本願がこめられた縁起説話にあったのであろう。

注

(1)　亀田孜「智光変相拾遺」(『東北大学文学部研究年報』第二号、一九五一年)、中村興二「西方浄土変の研究⑭、三尊段を完備した阿弥陀浄土変四、元興寺智光曼荼羅」(『日本美術工芸』五〇四、一九八〇年九月)参照。

(2)　『三国仏法伝通縁起』巻中にも「智光頼光は奈良新元興寺の住侶なり」とある。

(3)　「一　自小塔院火出元興寺金堂悉以炎上了、霊亀二年建立以後炎上始之也、依余当坊禅定院炎上了、弥勒御堂幷西門三者相残者也、就中極楽房之智光師之西方万荼羅於禅定院燃亡了」（『大乗院寺社雑事記』尋尊大僧正記一、宝徳三年十月十四日）。

（4）藤島達朗「智光浄土変（曼荼羅）と智光の浄土教」（元興寺仏教民俗資料刊行会編『智光曼荼羅』東京学術出版会、一九六九年）参照。

（5）「大設斎、因以、請恵隠僧、令説無量寿経」（『日本書紀』巻第二十三、舒明天皇十二年五月五日）、「請沙門恵隠於内裏、使講無量寿経」（同巻第二十五、白雉三年四月十五日）。

（6）井上光貞『日本浄土教成立史の研究』第一章（『井上光貞著作集』第七巻）参照。

（7）注（6）井上書参照。

（8）戸松憲千代「智光の浄土教思想に就いて（上）（中）（下）」（『大谷学報』第十八巻一号・四号・第十九巻第一号、一九三七年二月・十月・一九三八年二月）、恵谷隆戒「智光の無量寿経論釈の復元について」（『仏教大学研究紀要』第三十四号、一九五八年三月）など。

（9）注（6）井上書参照。

（10）速水侑『浄土信仰論』第一章（雄山閣出版、一九七八年）参照。

（11）薗田香融『平安仏教の研究』（法蔵館、一九八一年）参照。

（12）『後拾遺往生伝』巻上第二十話に、保安元年十月に没した興福寺の上人が、生前、元興寺極楽房で「限百箇日、修弥陀念仏」を行っていたという記事がみえる。

（13）元興寺文化財研究所編『日本浄土曼荼羅の研究』第二章第一節（中央公論美術出版、一九八七年）参照。

（14）藤堂恭俊「異相智光曼荼羅の出現―中世以降浄土教における智光曼荼羅―」（『智光曼荼羅』東京学術出版会、一九六九年）参照。

第三章　献芹考　―『萬葉集』葛城王の贈答歌から真福田丸説話まで―

一

「献芹」、または「芹献」「芹意」は、贈り物をする時の謙辞である。その故事が、『列子』にみえる。
野人（田舎者）というものは、世間知らずなものである。昔、宋国に農夫がいた。暖かな住宅や衣類の存在を知らないために、日向ぼっこが、このうえなく暖かく素晴らしいものだと思っていた。その暖かさを、誰も知らないだろうと思い、君主に捧げて褒美をもらおうとした。それを聞いた村の金持が言った。「昔、豆や野草や水草を美味しいと誉める男がいた。それを真に受けた土地の勢力者が、取って食べてみると、美味どころか、口にささり、腹が痛んだ。衆人はその勢力者を嘲笑し、勢力者は男を怨み、男は大いに恥じた。日向ぼっこで褒美をもらおうとするお前は、その仲間だよ」と。

故に野人の安んずるところ、野人の美《うま》しとするところ、謂《おも》へらく、天下に過ぐる者無しと。昔者宋国に田夫有り。常に緼黂を衣て、僅に以て冬を過ごす。春に曁《およ》んで東作し、自ら日に曝す。天下の広廈隩室、緜纊狐狢有るを知らず。顧みてその妻に謂って曰く、日を負ふの暄《あたたか》なるは、人知る者莫し。以て吾が君に献ぜん。将に、重賞有らんとす、と。里の富室之に告げて曰く、昔人に戎菽《じゅうしゅく》・甘枲茎《かんしけい》・芹萍子《きんへいし》を美しとする者あり、郷豪に対して之を称す。郷豪取って之を嘗むるに、口を蜇《さ》し、腹を惨《いた》む。衆哂って之を怨む。其の人大いに慙ぢたり。子は此の類なり、と。

（『列子』楊朱第七第十六章）

二

『列子』の献芹の故事は、自分の狭い世界での価値基準しか知らない愚かさのたとえである。『列子』のこの章は、世間の人間が、富貴名声を求める価値観を唯一のものと考えていて、もっと良い世界があることを忘れていると述べている。

『列子』の「芹萍子《きんへいし》」は水草の類とされる。「戎菽・甘枲・茎芹・萍子」とする解釈もあるが、(1)「芹」「芹子」として広まったようである。『文選』巻第四十三、嵆康の「与山巨源絶交書」にも引かれている。

野人に炙背を快とし、芹子を美とする者あり。之を至尊に献ぜんと欲するは、区区の意有りと雖も、亦已に疏なり。

この書は、山巨源が嵆康を役職に推薦したところ、嵆康が、自分に士官の意志がないことを理解していないのかと憤慨し、山巨源に絶交を申し渡したものである。献芹の故事は、嵆康が山巨源に対して、世情に疎い田舎者のようなことをするなと忠告する意で用いられている。

『文選』当該個所の李善注に、『列子』の献芹の故事が引かれている。我が国の古代において『文選』は李善注本が普及しており、李善注による『日本書紀』の述作も認められている。(2) 献芹の故事は早くから知識人の間に知られていたものと思われる。

『色葉字類抄』には、「献芹貢砂分ケンキン」とあり、平安時代には「献芹」が漢語として定着していたらしい。「至尊に献ぜん」(『文選』)をふまえて、特に君主への貢物の意で用いられることが多かったようである。

『列子』には、慣れない「芹萍子《きんへいし》」を食べた富者が、「口を螫《さ》し、腹を惨《いた》」めたとあるが、日本で「芹」は、古来、貴賤の別なく食されてきた野草である。春の七草の一つに数えられ、芳香のある若い茎と葉を摘んで食用にしている。

日本の文献に「芹」が見える早い例は、『日本書紀』天智十年十二月十一日、新宮で天智天皇の殯をしたという記事の後の、「童謡《わざうた》」三首のうち「其二」である。

み吉野の　吉野の鮎　鮎こそは　島傍も良き　え苦しゑ　水葱の下　芹の下　吾は苦しゑ

吉野の鮎は吉野川の島辺で泳いでよかろうが、わたしは水葱の下、芹の下で苦しいよ、という歌である。「水葱の下　芹の下」がどのような状況を示すのがわかりにくいが、「吾」(鮎)は、釣り上げられて水葱や芹とともに皿の上に盛られている、吉野川の鮎が羨ましいということではないだろうか。

次に、『萬葉集』巻二十に、葛城王が薩妙観命婦に芹を贈った時の贈答歌がある。葛城王は、天平八年(七三六)に橘宿祢の氏姓を賜って臣籍に下り、橘諸兄と称するようになるが、天平元年、まだ葛城王の名で左大弁だった時に、薩妙観命婦に贈った歌と、その返しの歌である。薩妙観命婦について生没年は不詳だが、『続日本紀』に、養老七年

（七二三）従五位上、神亀元年（七二四）河上忌寸の姓を賜り、天平九年（七三七）正五位下に叙せられたという記録がある。[3]

天平元年の班田の時に、使葛城王の、山背国より薩妙観命婦等の所に贈りし歌　芹子《せり》の裹《つと》に副へたり

あかねさす昼は田賜《た》びてぬばたまの夜の暇に摘める芹これ

薩妙観命婦の報贈せし歌一首

ますらをと思へるものを大刀佩《たちは》きてかにはの田居《たゐ》に芹そ摘みける

右の二首は、左大臣これを読みきと云尓《いふことしかり》。左大臣はこれ葛城王。後に橘の姓を賜はりしなり。

（『萬葉集』巻第二十、四四五五、四四五六）

天平元年十一月に班田使が任命され、班田が行われた。三月の太政官奏によると、口分田の全面的なやり直しであった（『続日本紀』）。『萬葉集』巻第三に「天平元年己巳、摂津国の班田の史生丈部竜麻呂の自経して死にし時に、判官大伴宿祢三中の作りし歌短歌を幷たり」（四四三、四四四）があるが、史生丈部竜麻呂の自殺は、班田の激務のためではなかったかといわれている。

葛城王の歌は、「忙しい班田の勤めの合間に、こっそりとあなたのために摘んだ芹ですよ」という歌であろう。昼は人々に田を分け与え、夜は自ら田に分け入って芹摘みをしたのだという。

薩妙観命婦が返した歌の「ますらを」は、「剛健な男子」という意であるが、『萬葉集』では多く「大夫」と表記して、律令制下の上級・中級官人としての自負を込めて用いる場合が多いという。[4] 葛城王は天平元年当時、正四位下左

大弁で、「ますらを」と呼ぶにふさわしい立派な官人である。

契沖は次のように述べている。

君をは只たけきますらをとのみおもひつるに、なさけ有て、太刀をはきなから、かにはの田井にこのせりをつみて給へるか、うれしきといふ心なり。（『萬葉代匠記』初稿本）

武勇ノオノミニテ、カヽル風流ノ心ハアルヘクモ思ヘラサリシニト云意ナリ。（同、精撰本）

「芹摘む」を「なさけ有りて」、「風流ノ心」の行為と解して、「たけきますらを」とは対照的な行為を称賛する歌と解釈している。

『日本古典文学全集』の頭注には、「ますらをは心身堅固な男子をほめていう語。しかし多くはその名に値しない態度を咎める場合にいう」とある。北村季吟は、まさに「その名に値しない態度」ととる解釈をしていて、称賛よりも揶揄の意を汲み取っている。

葛城王を丈夫と思ひしに太刀はきて此の田井の芹つみて賤のわさする人よ。（『萬葉拾穂抄』）

武田祐吉も、

りっぱな男だと思っていたのに、大刀を佩いてセリを摘んだのですね、とからかったのである。優美なふるまいとしてほめたというのにには、あたらない。（増訂版『万葉集全註釈』）

と揶揄の意に解釈している。『日本古典文学大系』は、「かにはの田居」にかけて「蟹のように這って、蟹幡の田んぼで芹を摘んで下さってまあ」とし、『新編日本古典文学全集』は「小児の手業のような行為をとがめた戯笑的用法と解することも可能」としていて、「芹摘む」を、立派なますらをの姿とは対照的なふるまいととる解釈が多いようである。

前掲『拾穂抄』は、傍線部「賤のわさ」としているが、献芹の故事をふまえると、その解釈が腑に落ちる。「立派なますらをと思っていましたのに、太刀をはきながら、まるであの野人のように芹をお摘みになったのですね」という歌意になる。

「ますらを」を、単に剛健な男子の意ではなく、身分のある官人という意ととると、「ますらを」と「野人」の対比の面白さがみえてくるのではないだろうか。葛城王の「あなたのためにわざわざ摘んだ芹ですよ」という少し恩着せがましく馴れ馴れしい歌に対して、薩妙観命婦は「あらまあ都の立派なお役人のくせに、賤しい田舎者のようなまねを」と、機知のきいた応酬をしたのである。奈良時代の知識人における李善注本『文選』の普及度を考えると、この解釈は無理なものではないであろう。

三

平安時代中期において、「芹摘む」とは、「かなはぬ」という連想をもたらす歌語だったようである。

いくたび水の田芹をつみしかど思ひしことのつゆもかなわぬ

（『更級日記』）

筆者が、宮仕えをやめて結婚をしたが、結婚生活が夢に描いたものではなかったことをわびた歌である。この歌は、『俊頼髄脳』初出の次の歌をふまえているといわれる。

芹摘みし昔の人もわがことや心にもののかなはざりけむ

勅撰集に拾われることのなかった読み人知らずの歌だが、十一世紀初頭には広まっていたようで、『枕草子』にも、

御笛の事どもなど奏し給、いとめでたし。御簾もとにあつまり出でて、見たてまつるおりは「芹摘みし」などおぼゆる事こそなけれ。

（『枕草子』二二七段）

とある。一条院が一時的に皇居となっていた時、春二月のうららかに晴れた日、渡殿で藤原高遠や帝が笛を吹いている様子を、女房たちと御簾から見ていたときのことを回想している。あの頃は、思いがかなわないことがあるなんて、考えもしなかったことよ、と。

『俊頼髄脳』所載の「芹摘みし」の歌は、献芹の故事をふまえると、「芹を摘んだというあの世間知らずで愚かな野人は、私のことである、「心」に「もの」がかなわない（適合しない）ものだなあ」という解釈になる。

これは、文書に、献芹と申す本文なりとぞ、うたがへども、おぼつかなし。

（『俊頼髄脳』）

『俊頼髄脳』は、「献芹」を典拠として検討しつつも「おぼつかなし」とするが、『和歌童蒙抄』は『文選』本文と『博物記』の注を引き、

されば此歌の心は、我心によしと思て云ことを、用ゐられぬことを恨みてよめるなるべし。

（『和歌童蒙抄』第七）

として、「献芹」典拠説を支持している。『袖中抄』は、

顕昭云、せりつみし昔の人とは、家々の髄脳にさまざまに云たれどもたしかなる証文も見えず。尚献芹と（云本文）こそ、さもと聞こえ侍れ。

と「家々の髄脳にさまざまに云たれども」と諸説あることに言及したうえで、「献芹とこそさもと聞こえ侍れ」と述べている。

『俊頼髄脳』は、典拠のもう一つの候補として、「ただ物がたりに、人の申すは」として、「芹摘み」説話を挙げている。身分低い官人の、后へのかなわぬ恋の物語である。

庭の掃除係であった官人は、御簾が吹き上げられたときに、后が芹を召し上がる姿を一目見て、物思いをするようになった。それからは、毎日芹を摘んできては、御簾のもとに置いた。しかし恋がかなうことはなく、とうとう病気になって命が絶えようとした。男は、「せめて私のために芹を摘んで功徳としてくれ」と言い残して死んだ。それから、芹を摘んでは仏前に供えたり、僧に差し上げたりするようになったとのことである。

『俊頼髄脳』には、この後、その后とは嵯峨天皇の后のことであるとし、その后が好色で、長櫃に入って外歩きをしたという挿話を載せている。嵯峨天皇の后という説は『俊頼髄脳』だけにみられるが、身分違いの恋物語は「芹摘みし」の歌の由来の候補として、以後の歌学書に継承されていった。

「芹摘みし」の歌は、『枕草子』の十一世紀初頭には普及していたようだが、恋物語の芹摘み説話が文献にあらわれるのは、十二世紀の歌学書である。「ただ物がたりに、人の申すは」（『俊頼髄脳』）という口承説話の成立時期を推し量ることは難しいが、「芹摘みし」の歌は、芹摘み説話をふまえなくても理解することが出来るため、歌の普及の後に説話が成立したと考えることができる。『枕草子』『更級日記』以後の成立であった可能性もある。

芹摘み説話の「身分低い男性が、高貴な女性を垣間見て、かなわぬ恋をする」という筋運びは、『源氏物語』若菜巻の柏木と女三宮などに共通し、古くは仏教説話の術婆伽説話（『大智度論』）にもさかのぼることができる。(5)

遥かに王女の高楼の上に在るを見る。窓の中に面を見、想像して染着し、心暫くも捨てず、彌日月を経るも飲食すること能はず。

（『大智度論』巻第十四）

傍線部「窓の中に面を見」と、垣間見による恋着のモチーフも共通している。『源氏物語』若菜巻は芹摘み説話が原話であったという解釈もされているが、(6) 必ずしもそうでなくとも、「身分違いのかなわぬ恋物語」という同じような素話を共有している、と考えることもできる。

「芹摘みし」の歌の典拠を、献芹の故事とすると、「適《かな》はぬ（不適合な）」思いを歌った歌が、後に「叶《かな》はぬ」恋の歌に解されるようになり、やがて「身分違いのかなはぬ恋」の歌として読まれるようになったものと考えられる。そして、歌とは別に流布していた、高貴な女性を垣間見て胸を焦がす下賤の男の物語が、いつしか、「芹摘みし」の「叶はぬ」恋の歌に結びつき、芹摘み説話が成立したのかもしれない。

岡崎真紀子氏は、「和歌の実作において「芹摘みし」説話にもとづく表現が現れ始めるのは、『俊頼髄脳』などの歌学書があらわされた院政期になってからである。」と指摘している。(7)

「芹摘みし」の歌に結びついて成立した芹摘み説話は、「ただ物がたりに」（『俊頼髄脳』）、口頭で語り継がれていたのであろう。それを歌学にすくい取った俊頼は、『源氏物語』若菜巻の柏木の恋を彷彿させる「御垣原」の語とも結びつけて、長歌を詠んだ。(8)

（前略）梓の杣に　宮木引き　御垣が原に　芹摘みし　昔はよそに　聞きしかど　我身の上に　なりはてぬ　（後略）

（「堀河院の御時百首たてまつりける時、述懐の歌よみてたてまつり侍ける」『千載和歌集』巻第十八）

「芹摘みし」の歌は、芹摘み物語と「御垣が原」と結びついて、身分違いのかなわぬ恋の歌として、平安末期から鎌倉時代にかけて、流行のように歌人たちに歌に詠まれた。

いかにせむ御垣が原に摘む芹のねのみに泣けど知る人もなき
（よみ人不知『千載和歌集』巻第十一、六六八）

しのびかねみかきの原に摘むせりの雫に袖ぞ顕れぬべき
（俊恵『林葉和歌集』巻第五）

昔きく故にはあらでつむせりもみかきの原はそでぬらしけり
（藤原俊成『御室五十首』）

四

『奥義抄』には、「但し或人のかたりしは」として、芹摘み説話の類話が行基の前世譚として語られている。本書第二部第一章で紹介した、智光の真福田丸説話である。

昔大和国に有力者がいた。その家の門番の息子真福田丸が、庭の池のほとりで芹を摘んでいるときに、いつきの姫君が遊んでいるのを見て、恋の病にかかり、それを知った母とともに、死ぬばかりになった。それを聞いた姫君はあわれがり、安いことよ、早く病をやめよと言うと、真福田丸と母は回復した。姫君は、私達がそういう仲になるなら、文のやりとりもしたいから、字を習え、次は学問をせよ、出家せよ、経を習え、修行に出よとすすめ、真福田丸は、いわれるがままに修行に出ることになった。姫君は、修行の旅に出る真福田丸のために、手づから藤の袴の片袴を縫ってやった。修行に出て間もなく姫君は亡くなり、真福田丸は道心をおこし、極楽を願い、尊い聖になって亡くなった。弟子たちが行基を導師として呼ぶと、行基は、

まぶくた丸がふぢばかま我ぞぬひしかそのかたばかま

とだけ言い、礼盤を降りた。弟子たちがそのわけを聞くと、智光は往生すべき縁のものでありながら、世間に貪著して悪道に堕ちようとしていた。そこで自分は方便をもって導いたのだという。姫君は行基の化身、行基は文殊菩薩で、真福田丸は智光である。智光頼光といって往生した者というのはこれである。これは、文殊供養の時に仁海和尚が語ったものであるという（『奥義抄』）。

智光は、本書第二部第一章・第二章で述べたように、奈良時代の元興寺三論宗の高名な学僧であるが、後世むしろ説話の人物として名が伝えられた。『日本霊異記』の行基智光説話、元興寺の智光頼光説話、そしてこの真福田丸説話が智光の第三の説話である。

真福田丸説話は、『古本説話集』『今昔物語集』などにも所収されている。『古本説話集』の筋運びは『奥義抄』とほぼ同じであるが、「芹摘みし」の歌はなく、智光は「つゐに往生してけり」と極楽往生まで語られ、

行基菩薩、この智光を導かんがために、仮に長者の娘と生れ給へる也けり。行基菩薩は文殊なり。真福田丸は智光が童名なり。されば、かく、仏、菩薩も、男女となりてこそ導き給けれ。

と、行基（文殊菩薩）の方便による往生譚として結ばれている。

『今昔物語集』の「行基菩薩、仏法を学びて人を導ける語第二」（巻十一）の中にも、挿話の一つとして、真福田丸説話がみえる。『日本霊異記』と同じ行基智光説話に続けて語られ、「芹摘みし」の歌はなく、『奥義抄』とは少し異なる筋である。

行基は、前世は和泉国大鳥郡の娘だった。真福田丸は、その家の庭の糞尿を捨てる下童だった。真福田丸は「心ニ

智アリテ」思うには、得難い人身を得たといえども、この下賤の身では後世に頼むところがない、「大寺ニ行テ仏ノ道ヲ学バム」と。そこで主人に、暇を乞い、修行に出たいと言った。主人は許し、幼い娘が水干の袴の片袴を縫って継いでやった。後に、真福田丸は元興寺の僧となり智光というやんごとなき学僧になった。主人の娘は、真福田丸が修行に出た後、程なくして亡くなった。

娘は行基として生まれ変わった。そしてまだ幼少の僧だった時のことである。河内国の法会に、智光が呼ばれた。智光が説法を終えて高座から下りようとするとき、論議をしかける頭の青い少僧がいた。少僧は、

真福田ガ修行ニ出デシ日藤袴我コソハ縫ヒシカ片袴ヲバ

と歌いかけた。智光はおおいに怒り、「異様ノ田舎法師ノ論議ヲセムニ、不吉《ヨカラ》ヌ事也」と罵り、怒り怒り帰ってしまった。少僧は笑いながら逃げ去った。

少僧ハ行基菩薩也ケリ。智光然計《サバカリ》ノ智者ニテハ、罵《ノル》ト咎ムマジ。暫可思廻《シバラクオモヒメグラスベ》キ事也カシ。思フニ、其ノ罪モ有ナム。

『今昔物語集』の真福田丸説話はこのように結ばれている。「其ノ罪モ有ナム」とは、前段の、智光が地獄に堕ちる原因となった行基誹謗の罪には、この罪も含まれているのであろう、ということである。

『今昔物語集』では、娘は真福田丸の片思いの相手ではなく、出家修行に協力をする信心深く殊勝な娘として登場

している。「芹」はまったく出てこない。真福田丸説話は、『今昔物語集』の系統と、『奥義抄』『古本説話集』の芹摘み説話系統のものと二つの系統に分けることができる。(9)『今昔物語集』は智光の堕地獄蘇生説話に付随するかたちで語られ、『奥義抄』『古本説話集』は智光曼荼羅の極楽往生説話に言及している。もとは同じ説話であったものが、語られる場によって少しずつ変えられていったのであろう。

中村義雄氏は、「『今昔』の方は、古くからの伝承である行基伝の一環をなす智光蘇生譚を古記録によって述べた後に付加したものであるのに対して、『古本』の方はこの話だけが独立し、活き活きとした歌物語的な霊験記」で、「民話的な要素が濃く、説教用の、それもむしろ女性を対象にして語られたものではないか」と述べている。

尤も『今昔』のように、もともとこの話には芹のことなどなかったのを、むしろ逆に芹に結びつけたのかもしれない。（中略）唱導説教の話材の提供源である記録的な仏教説話が、抒情的な歌物語の世界の中で別の角度から和文化され再生されつつあったことを示すものではないであろうか。(10)

真福田丸は、仏教語の「福田」にちなむ名であるといわれる。福田は、「福徳を生ずる田」の意で、供養をすると福徳の生ずる原因となるものをいう。当初は仏や仏弟子をさしていたが、大乗仏教の展開とともに思想的に拡大し、三福田や七福田、八福田などが説かれるようになった。

行基は、民衆救済のための諸事業を行ったが、菩薩行としての福田思想にもとづいていたといわれる。(11)福田行には、僧の供養や貧民救済のほか、架橋、灌漑などの土木事業も含まれている。そうした福祉事業の功績もあり、行基は民衆に菩薩と崇拝され、やがて文殊菩薩の化身として信仰されるようになった。

文殊菩薩も、福田思想に関わりの深い菩薩である。たとえば『首楞厳三昧経』では、文殊菩薩が十法の福田を説いている。

文殊師利の言わく、十法有って名づけて福田と為す。（中略）是の十法有れば、当に知るべし、是の人は真実の福田なりと。（『首楞厳三昧経』巻下）

傍線部「真実福田」という語がある。「真福田丸」は、こうした経典語から生まれた名であろう。[12]

『奥義抄』『古本説話集』の真福田丸説話は、芹摘み説話の身分違いの恋のモチーフを踏襲しているが、文殊の化身・行基菩薩が、方便によって真福田丸を仏道に導いたのだという、文殊教化の説教としてまとめられている。文殊菩薩の教化について、『大乗本生心地観経』の一節がよく知られている。文殊菩薩は三世諸仏の母であり、諸仏及び一切諸有情の初発心と成仏道は、皆文殊菩薩の教化の力であるという。『往生要集』巻上や、『三宝絵』僧宝巻序の冒頭にも引かれ、『梁塵秘抄』にも歌われている。[13] 平安期以降広く流布した『心地観経』報恩品の中でも、特に有名な一節である。

智光長者よ汝諦かに聴け。世と出世との僧に三種有り。菩薩、声聞聖凡衆とにして、能く衆生を益して福田と為る。文殊師利大聖尊は、三世の諸仏以て母と為す。十方の如来の初めて発心するも、皆是文殊教化の力なり。一切世界の諸の有情は、名を聞いて身及び光相を見、并に類に随へる諸の化現を見て、皆仏道を成ずること思議し難し。
（『心地観経』巻第三、報恩品第二）

説話の智光と同名の「智光長者」は、増長福という国の長者であるという。智光長者には一子がいるが、「其の子悪性にして父母に従わず、有らゆる教誨も皆従《おさ》むること能はざりき」であった。報恩品第二は、釈迦如来が智光長者のために、四恩（父母・衆生・国王・三宝）を説くという設定である。

また、傍線部「諸の化現を見て、皆仏道を成ずる」とあり、文殊菩薩が娘や行基に化して智光を導いたという説話の内容に共通する。二重傍線部「福田」も、真福田丸に通じる。この経文が、真福田丸説話の成立の段階で直接影響があったかどうかはわからないが、真福田丸説話が仏教者にとってこの経文を想起させるものであったことは想像に難くない。

『奥義抄』には、真福田丸説話は「人の文殊供養しける導師にて仁海僧正ののたまひけるなり」とある。仁海は『奥義抄』成立より約百年前の永承元年（一〇四六）に亡くなっており、仁海が語ったという実証性は低いが、真福田丸説話は、文殊供養の法会で語られるのにふさわしい説話である。説話とともに、「文殊菩薩は三世諸仏の母」という文殊教化の説教が説かれていたのではないだろうか。

五

本章第二節で述べたように、「献芹」の故事は、『萬葉集』の時代から、和歌の中に詠まれていたようである。平安中期には、「芹摘みし」の歌が生まれ、やがてその歌は漢籍の世界から離れて、芹摘み説話の悲話とともに語り継がれるようになり、仏教説話である真福田丸説話とも融合していった。漢籍の小さな故事が、和歌や説話の世界において豊かに展開していった様子をみることができる。

今西祐一郎氏によると、中世から近世にかけて、聖徳太子の后として「芹摘の后」という人物が知られていたという。膳大郎女だという説もあるが、憶説とされている。仮名草子の『月林草』によると、ある時、聖徳太子が三輪に行幸したとき、太子を見物する群衆にただ一人交わらず、病に伏す老父母のために一心不乱に芹を摘む娘がいた。太子がその娘を見染め、后としたという(14)。

「賤山がつの習ひにて、春は籠を持たせて若菜、根芹などを摘ませて朝夕の営みをぞし給へる。」(『月林草』)とあるように、若菜、芹を摘んで朝夕の食材とするのは、「賤山がつの習ひ」である。特に「芹摘み」は、献芹の故事や芹摘み説話の記憶から、身分の賤しさを象徴する表現として伝えられていたのではないか。だからこそ、季吟の「芹つみて賤のわさする人よ」(『萬葉集拾穂抄』)の注釈があり、聖徳太子の后で「芹摘の后」とは、賤しい出自の后のこと、すなわち膳大郎女のことであると伝えられていたのであろう。

注

(1)『全釈漢文大系　列子』注参照。
(2)小島憲之『上代日本文学と中国文学　上』第三篇(塙書房、一九六二年)参照。
(3)薩妙観命婦の歌は『萬葉集』にもう一首ある。「ほととぎすここに近くを来鳴きてよ過ぎなむ後に験あらめやも」(「薩妙観応詔奉和歌一首」、巻第二十、四四三八)。
(4)上田正昭「社会と環境―ますらを論を中心として―」(『国文学解釈と鑑賞』一九五九年五月号)参照。

（5）島内景二氏は、身分違いの恋物語が、仏教説話の術婆伽説話（『大智度論』）にさかのぼることができて、術婆伽説話が『三教指帰』に引かれたことを始めとして、我が国の中世物語や注釈書に受容されていった様子を論じている（「術婆伽説話にみる受容と創造」『汲古』第十一号、一九八七年六月）。

（6）『源氏釈』は、若菜巻の柏木の文の「一日、風にさそはれて御垣の原を分け入りてはべりしに、いとどいかに見おとしたまひけん」の解釈に、「芹摘みし」の歌を引き歌として挙げている。伊藤博氏は、若菜巻と芹摘み説話との符合を指摘し、「柏木物語の一原核として芹摘み説話が存在したことは確実と思われる」と述べている（『源氏物語の原点』第九章参照）。

（7）岡崎真紀子『やまとことば表現論―源俊頼へ』第十二章（笠間書院、二〇〇八年）参照。

（8）『源氏物語』若菜上、柏木が書いた文に「一日、風にさそはれて御垣の原を分け入りてはべりしに、いとどいかに見おとしたまひけん」とある。「御垣の原」は六条院の内のこと。湯川直美氏は、「みかきがはら」と「せりつみし」を結びつけた表現は『堀河百首』が初出であることを指摘し、「『源氏物語』が「芹摘み説話」をふまえた、と断定することはできない。しかしむしろ後の時代に、俊頼が柏木の文にあった「御垣の原」から連想して「みかきがはらにせりつみし」と詠んだと考えることができる。また、先ほど挙げた『源氏釈』の成立は俊頼のすぐ後であるから、俊頼の歌を契機として『源氏釈』の解釈がうまれた可能性もある」とも述べている（「歌語「みかきが原」の受容と変遷」『国語国文学研究』第三十四号、一九九九年三月）。

（9）中村義雄「真福田丸の説話をめぐって―古本説話集と奥義抄と―」（『国語と国文学』一九五九年十二月号）、高橋貞一「奥義抄の真福田丸（智光）事と古本説話集の著作年代」（『人文論集』第七号、一九七三年）、山岡敬和「「真福田丸説話」の生成と伝播（上）（下）」（『伝承文学研究』第三十一・三十二号、一九八五・一九八六年）参照。『古来風躰抄』にも真福田丸説話が所収されているが、『今昔物語集』と『奥義抄』を合わせたような内容である。

（10）注（9）中村論文参照。

（11）吉田靖雄『行基と律令国家』第八章（吉川弘文館、一九八七年）参照。

（12）「福田《ふくでん》」は、未来の善果の種となるもの。「真福田」は真実の善因となるものをさし、弘法大師の御遺告にも「不如仰真福田」などとみえる。それにちなむ名」(『日本古典文学全集21　今昔物語集一』頭注)。

(13)　「文殊はそもそも何人ぞ　三世の母といます　十方如来諸法の師　みなこれ文殊の力なり」(『梁塵秘抄』巻第二)。

(14)　今西祐一郎「『月林草』覚書」(『国語国文』第五十巻第七号、一九八一年七月)参照。

第四章　百石讃嘆と灌仏会

一

仏生日の四月八日に行う灌仏会は、現代では「花祭り」として全国諸宗派の寺院で催されている。季節の花で飾った花御堂の中に、あどけない姿の誕生仏を据え、参拝者が甘茶をそそぐ。甘茶の風習は、近世より始まったらしい。古くは経典に従い、温涼二水や五色の香水などを用いていたという。

灌仏会は、釈迦降誕の伝説に由来している。釈迦牟尼は、浄飯王と摩耶夫人の子・悉達太子として出生した。摩耶夫人は月が満ちる頃、藍毘尼園に赴いた。無憂樹の花の枝に右手を伸ばし摘もうとするやいなや、太子が夫人の右脇から安らかに誕生した。太子は樹下に生じた蓮華の上に堕ちると七歩歩み、右手を挙げて「我、一切の天人の中に於いて最尊最勝なり。無量の生死、今に於いて尽く。この生に、一切の人天を利益せん」という偈を説いた。その後、四天王・帝釈天・梵天が現れて太子に侍し、諸龍王が虚空中より清浄の温水と涼水を太子の身に灌いだという（『過去現在因果経』巻一より）。

『三宝絵』に、四月八日の灌仏の記事があり、その中に、母の恩をうたう「百石讃嘆」は、行基菩薩の唱えたものだと記されている。本章では、灌仏会と、百石讃嘆と、行基との間にどのような関連があるのか、考察を試みる。

承和七年四月八日ニ、清涼殿ニシテハジメテ御灌仏ノ事ヲ行ハシメ玉《タマ》フ。律師静安候テ、経ニトケル旨ヲモチテ、ソノアルベキ事ヲ奏シ定ム。ヤガテ今日ノ御導師ヲツカマツラル。コレヨリ後ニヒロマレリ。『殿上日記』ニ見ヘタリ。『灌仏像経』云、「十方ノ諸ノ仏ハミナ四月八日ヲモテ生レ玉フ。春夏ノ間ニシテヨロヅノ物アマネク生フ。サムカラズアツカラズシテ、時ノホドニヨクト、ノホレバ也」トイヘリ。マタ『浴像経』ニ仏ノ、給ハク、「我レ今像ニ湯アムス法ヲトク。諸ノ供養ノ中ニ事ニスグレタリトス。若シ仏ニアムシタテマツラムト思ハバ、諸ノ妙ナル香ヲ水ニ入レツ、浴シタテマツレ。水ヲクム時ニハ、マサニ偈ヲ誦スベシ」トノ給ヘリ。人カナラズシモソノ偈ヲオボヘネバ、僧ヲモチテ誦セシメテ讃歎セシムル也。「我今灌沐諸如来　浄智功徳荘厳聚　五濁衆生令離苦　願証如来浄法身」トイヘル偈ハ釈迦如来ノ説キ給ヘル也。又、「ももさくに　やそさかそへて　たまへてし　ちぶさのむくい　けふせずは　いつかわがせん　としはをつ　さよはへにつつ」トイフ事ハ、行基菩薩ノトナヘタルナリ。

（東寺観智院旧蔵本『三宝絵』下、僧宝十八、四月、灌仏）

二

仏生日は二月八日と四月八日の二説があるが、日本では四月八日の説をとることが多い。インドでは、仏生日には灌仏のほかに、仏像を車に納めて巡行する「行像」なども行われていた。中国の灌仏会は、後趙の石勒が毎年四月八日に寺に詣でて灌仏し、子のために発願したのが濫觴とされる（『高僧伝』巻第九）。唐代では、灌仏も行われてはいたが、仏生日にちなんで受戒や仏牙供養などの種々の行事を行うことの方が多かったという[1]。

一般に知られているような、右手を挙げて偈を説く姿の誕生仏は、古代インドのものは現存せず、中国でも稀であるらしい。仏伝に忠実な、両手を下げて灌頂を受ける姿の誕生仏も少例であり、灌仏会の本尊は古くは一般の釈迦如来像が用いられていたと推測されている。誕生仏は朝鮮半島と日本に圧倒的に作例が多く、誕生仏の現存数からいえば、灌仏会は東漸につれて盛んになったようである。(2)

『日本書紀』によると、推古十四年（六〇六）四月八日に元興寺に仏像を安置し、この年から四月八日と七月十五日の「設斎」が恒例として始められた。「設斎」は灌仏会と盂蘭盆会と考えられ、仏教の年中行事としてこの二法会が最も早く移入されたということになる。

十四年の夏四月の乙酉の朔壬辰に、銅・繍の丈六の仏像、並に造りまつり竟りぬ。是の日に、丈六の銅の像を元興寺の金堂に坐せしむ。時に仏像、金堂の戸より高くして、堂に納《い》れまつること得ず。是に、諸の工人等、議りて曰はく、「堂の戸を破《こほ》ちて納れむ」といふ。然るに鞍作鳥の秀れたる工なること、戸を壊たずして堂に入るること得。即日《そのひ》に、設斎す。会集へる人衆、勝《あ》げて数ふべからず。是年より初めて寺毎に、四月の八日、七月の十五日に設斎す。

（『日本書紀』推古天皇十四年四月八日）

『元興寺伽藍縁起』には、欽明朝の仏教伝来の際に、百済国聖明王より太子像と灌仏具が奉献されたとある。誕生仏は飛鳥時代からの作例が現存し、東大寺には、天平勝宝四年の大仏開眼会に使用されたかという五〇糎近い大型の誕生仏及び灌仏盤が伝えられている。大安寺と法隆寺の『流記資材帳』には「金泥灌仏像一具」とあり、西大寺の『流記資材帳』には種々の灌仏具が記されている。奈良時代には諸大寺において灌仏会が盛大に催されていたことがうかがわれる。

平安時代に入り、承和七年（八四〇）に、宮中において元興寺僧律師静安によって初めて灌仏会が行われた。

四月癸丑、請律師伝灯大法師位静安於清涼殿、始行灌仏之事。

（『続日本後紀』承和七年四月七日）

前掲のように、永観二年（九八四）に著された『三宝絵』僧宝の巻の「灌仏」には、この宮中における灌仏会の創始と、灌仏の由来などのことと、『浴像経』の偈及び「百石讃嘆」が記されている。「讃嘆」とは七五調の和讃の形式が整う前の段階の和文の仏教歌謡で、「百石讃嘆」「法華賛嘆」「舎利賛嘆」が三讃嘆に数えられている。『三宝絵』が、「百石讃嘆」の初出である。

「百石讃嘆」は、『三宝絵』の八句体のほかに、『拾遺和歌集』所載の短歌形式、比叡山所伝の十句体、高野山所伝の十四句体が伝えられている。

大僧正行基、詠み給ひける

法華経を我が得し事はたき木こり菜摘み水汲み仕へてぞ得し
百くさに八十くさ添へて賜ひてし乳房の報今日ぞ我がする

（『拾遺和歌集』巻第二十）

百石ニ　八十石ソヘテ　給ヒテシ　乳房ノ報イ　今日ゾワガスルヤ　今ゾワガスルヤ
今日セデハ　何カハスベキ　年モ経ヌベシ　サ代モ経ヌベシ

（叡山所伝(3)）

百石ニ付八十石ソエテ　タマイテシ　乳房ノ報　今日ゾワガスル　イマゾ我スル
今日セデハ　何カハスベキ　年ハ経ヌベシ　狭夜《サヨ》モヘヌベシ
返様（二反目ハ音頭計）
今日セデハ　何カハスベキ　年ハヘヌベシ　狭夜モヘヌベシ
（高野山所伝(4)）

榊泰純氏によると、「百石讃嘆」の祖型は短歌体で、詠唱の段階で第五句を繰り返す仏足石歌体となり、やがて第一部第二部という十句形式となって叡山に伝えられ、第二部がさらに繰り返されて高野山所伝の形式になった。一方で、和讃の定数律化にともなって成形されたのが『三宝絵』の形式ではないかという(5)。

「百石讃嘆」の出典として、従来、『中陰経』と『心地観経』が挙げられている。

云何弥勒。閻浮提児生堕地。乃至三歳。母之懐抱為飲幾乳。弥勒答曰。飲乳一百八十斛。除母腹中所食血分。
（『中陰経』巻上）

若し善男子・善女人、母の恩を報ぜんが為に、一劫を経て毎日三時、自身の肉を割きて以て父母を養ふも、而も未だ一日の恩を報ずること能はず。所以は何ん。一切の男女は胎中に処り、口に乳根を吮ひて母血を飲噉し、出胎し已るに及びて幼稚の前に、飲む所の母乳は一百八十斛なり。
（『心地観経』巻第二）

『中陰経』の「中陰（中有）」は、本書第一部第六章で述べたように、死の瞬間から次の生を受けるまでの間の存在、心身をいう。香りのみを食すとされ、期間は七日間や四十九日間とする説などがある。『中陰経』は、仏が、中陰の世界に入り、中陰の衆生を集めて説法教化するという内容である(6)。

引用部分は、仏と弥勒が、四大洲（仏教的世界観による四つの大陸）のそれぞれの衆生と中陰の特性について問答をしている箇所である。四大洲のうち、我々の世界である「閻浮提（南贍部州）」の人間は三歳までに一百八十斛の母乳を飲み、「東弗于逮（東勝身洲）」の住民は一千八百斛、「西拘耶尼（西牛貨洲）」は八百八十斛、「北欝単（北具盧洲）」の住民は乳を飲まず七日で成人し、中陰の衆生は風を飲むという。

『中陰経』は、乳哺の恩を具体的に数量で示す説として知られていたらしく、『諸経要集』報恩部報恩縁及び『法苑珠林』報恩篇引証部に、『中陰経』の引用がみられる。『諸経要集』二十巻は顕慶四年（六五九）、唐の道世の撰述で、教義の内容別に分類項目が立てられ、大小乗経律論から要文が引用されている。道世が総章元年（六六八）に、『諸経要集』を百巻に拡充したのが『法苑珠林』である。


又中陰経。仏問弥勒。閻浮提児生堕地。乃至三歳。母之懐抱為飲幾乳。弥勒答曰。飲乳一百八十斛。除母腹中所食四分。（『諸経要集』巻第八、報恩部）

又中陰経。仏問弥勒。閻浮提児生堕地。乃至三歳。母之懐抱為飲幾乳。弥勒答曰。飲乳一百八十斛。除母腹中所食四分。（『法苑珠林』巻第五十、報恩篇）

また、『諸経要集』受報部生報縁と『法苑珠林』受報篇生報部には、『五道受生経』（未詳）という経典の類似句の引用もみられる。

又五道受生経云。児生三歳。凡飲一百八十斛乳。除其胎中食亦分之。（『諸経要集』巻第二十二、受報部）
又五道受生経云。児生三歳。凡飲一百八十斛乳。除其胎中食血分。（『法苑珠林』巻第六十九、受報篇）

「百石讃嘆」の作者が、『中陰経』や『五道受生経』を直接読んだのではなく、『諸経要集』または『法苑珠林』所収の文句を利用した可能性がある。『諸経要集』『法苑珠林』ともに奈良時代には伝来しており(7)、類書的な性格から、学僧や知識人らに活用されていたと考えられる。『日本霊異記』には『諸経要集』からの引用が多いことから、『諸経要集』は景戒の所用経典であったといわれている(8)。「百石讃嘆」の典拠として、あらたに『諸経要集』と『法苑珠林』の両書も加えるべきであろう。

従来「百石讃嘆」の典拠の一に挙げられている『心地観経』は、元和五年（弘仁二年、八一一）に漢訳され、我が国には天長二年（八二五）頃に伝来したと推測される(9)。「百石讃嘆」が「古色ありて平安朝以後のものにあらず」（『三宝絵略注』）といわれるように、奈良時代以前の成立であるとするならば、典拠は『心地観経』ではあり得ないことになる。しかし、前述のように「百石讃嘆」の初出は永観二年（九八四）に著された『三宝絵』であり、成立年代の確定は難しい。『心地観経』の該当部分は、四恩（父母・衆生・国王・三宝の恩）のうち母の恩を宣揚する箇所で、「百石讃嘆」の出典としていかにもふさわしい。

『心地観経』は、我が国への伝来後、急速に普及したようである。中でも報恩品（巻第二・三）の四恩説は広く知られるようになり、後世に与えた影響も大きい。早くも、天長五年（八二八）の空海の「為先師講釈梵網経表白」（『続遍照発揮性霊集補闕鈔』巻第八）に引用されている。

経の中に仏恩処有りと説きたまふ。其の四種有り、父母・国王・衆生・三宝なり。

『心地観経』は、最澄撰述とされる『天台法華宗牛頭法門要纂』や『一心金剛戒体秘決』などにも引用されている。[10]当時の新興勢力である真言・天台の両宗に、最新の漢訳経典としてもてはやされていたようである。

心地観経云。銅性不動。名為実体。鏡明相称像。因鏡観性。故曰鏡像。是則当体実相。故立円超銅位鏡像也。

（『天台法華宗牛頭法門要纂』）

心地観経曰。餓鬼禽獣。閻王獄卒。皆来聴菩薩戒法。

（『一心金剛戒体秘決』巻下）

心地観経云。自性身。受用身。変化身。

（『払惑袖中策』巻下）

平安初期、おそらく『心地観経』伝来直後に作成された『東大寺諷誦文稿』にも、『心地観経』からの引用が認められる。例えば211行から227行には、『心地観経』報恩品の翻案と考えられる文章が書きとめられている。[11]「誓詞通用」と題され、檀主の両親の追善供養に使用された文章らしく、亡き父母への慕情が綴られている。その直後の228行には、「百石讃嘆」に酷似する文句が見出される。

百石云、八十石云、乳房之恩、一モ未報上。三千六百日之内守長之恩未都究上。

「百石云、八十石云、乳房之恩」の部分のみではなく、「一モ未報上（「一モ」報イタテマツラズ）」も『心地観経』「而も未だ一日の恩を報ずること能はず」（前掲引用文傍線部）に似ており、『心地観経』との関連が推測される。(12) しかし「百石讃嘆」とは、歌と散文という文体上の大きな隔たりがあるため、相関関係については不明とせざるを得ない。「百石讃嘆」の原形となる歌が、『中陰経』『諸経要集』『法苑珠林』『心地観経』の何れの経典を出処として詠まれたのかは明らかではない。しかし、平安初期の伝来以後の『心地観経』の流行を考えると、平安時代において「百石讃嘆」は『心地観経』四恩説によって解釈され、伝来されていたと思われる。『心地観経』をいちはやく受容した真言宗や天台宗で、「百石讃嘆」が伝承されていることも、『心地観経』と「百石讃嘆」との強い結びつきを物語っているような気がするのである。

三

『三宝絵』によると、灌仏会に「百石讃嘆」が歌われていた。釈迦降誕を記念する法会に、母の恩を称揚する歌が歌われたのはなぜであろうか。法会の主旨からいえば、「百石讃嘆」が歌われるのはむしろ、盂蘭盆会のほうがふさわしいのではないか。盂蘭盆会は周知のように、仏弟子目連が餓鬼道に堕ちて苦しむ亡母を救済した伝説にもとづく追善の行事である。

灌仏会は、主に『仏説浴像功徳経』と『仏説灌洗仏形像経』に依拠して行われる。『浴像功徳経』には、仏像を洗浴する十五種の功徳と浴像の方法が説かれている。『灌洗仏形像経』は『四月八日灌経』ともいわれ、四月八日に仏が誕生した由とこの日に仏像を灌浴する利益が述べられている。

『灌洗仏形像経』に、仏の言説として次の一節がある。

今日の賢者某甲、皆慈心好意を為して仏道に信向し、度脱を求めんと欲して、種々の香花を持って仏の形像を洗す。皆、七世の父母、五趣親属兄弟妻子の厄難中に在るが為めの故に、十方五道中勤苦の為めの故に。

（『灌洗仏形像経』）

信者が「七世の父母、五趣親属兄弟妻子」、すなわち父母から七代前までの祖先や、近親の者たちのためなどに灌仏を行うという。四月八日の灌仏が、釈迦の生誕を祝賀するのみではなく、追善供養の目的も孕んでいる点に注目したい。この点に、灌仏会に慈母追恩の「百石讃嘆」を朗唱した理由が求められるのではないだろうか(13)。

『宋書』劉敬宣伝には、敬宣は八歳の時に母を亡くして悲しみに暮れていたが、四月八日に人々が灌仏をするのを見て、自分も頭上の金鏡を下して母のために灌仏し、輔国将軍の桓序に孝子と讃えられたという記事がある。亡母追善のための灌仏の例として認められる。

四月八日、敬宣見衆人灌仏、乃下頭上金鏡、以為母灌。因悲泣不自勝。序嘆息、謂牢之曰、卿此児既為家之孝子、必為国之忠臣。

（『宋書』巻第四十七、劉敬宣伝）

竹田聴州氏は、『灌洗仏形像経』傍線部に使用されている「七世父母」という語が、仏教と祖先信仰の結合を示す表現であることを指摘している。祖先を示す「七世父母」は、中国では南北朝より造像銘に多用されており、南北の銘記にあらわれる「七世父母」追善の文字と思想の典拠として盂蘭盆経を有力な候補の一つに擬することは許されるであろう。

とし、中国における造像と祖先追善の結合は「仏教が支那の儒教的地盤に摂取される一つの仕方」だったであろうと論じている。「七世父母」は日本においても飛鳥時代より願文に多用される語で、上代日本における仏教の受容が「祖先信仰という彼我共通の契機が媒介となっている経緯の比重もまた相当に大きかったであろう」と述べている。(14)

『灌洗仏形像経』は法炬が西晋の恵帝代（二九〇～三〇六）に漢訳した。同本異訳に西秦の聖堅による『摩訶刹頭経』がある。(15) 原典を同じくしながら、前掲引用文を含む『灌洗仏形像経』後半部と、『摩訶刹頭経』後半部の文章が全く相違しており、『摩訶刹頭経』に「七世父母」は用いられていない。両経の後半部は、漢訳の時点、または伝来の過程において、改作あるいは増補された部分かと思われる。

竹田氏の説をふまえると、『灌洗仏形像経』の「七世父母」の語は、この漢訳経典に、『盂蘭盆経』に通じる中国仏教的な祖先追善の信仰との関わりがあったことを示している。『盂蘭盆経』は擬経とする説もあるが、西晋の竺法護が太始二～建興元年（二六六～三一三）に漢訳したとされている。『灌洗仏形像経』の漢訳に、同時代に訳された『盂蘭盆経』の影響があったと考えることができる。また、もし後代の追補だとすると、祖先崇拝を重要な徳目とする中国の思想的土壌ゆえに、教祖の降誕日の儀礼にも祖先追善の利益を求めるようになったことを示していよう。

「七世父母」は、『盂蘭盆経』、『報恩奉盆経』（『盂蘭盆経』の異訳）、『灌洗仏形像経』のほかに、『般泥洹後灌臘経』にも使用されている。

四月八日七月十五日。灌臘当何所用。仏語阿難。灌臘仏者。是福願人之度者。各自減銭宝。割取珍愛用求度世之福。当給寺然灯焼香用作経像。若供養師。施与貧窮。可設斎会。（中略）七月十五日。自向七世父母五種親属。有堕悪道勤苦劇者。因仏作礼福。（『般泥洹後灌臘経』）

『灌臘経』は『盂蘭盆経』と同じ竺法護訳（太始六年、二七〇）で、臘は夏安居の終了日の七月十五日のこと、「臘仏」は臘日に仏に供物を捧げることをいう。四月八日と七月十五日に仏像に灌臘すべきことを説き、特に七月十五日に重点を置いて述べている。四月八日と七月十五日が並挙されている点に注意が引かれる。我が国に仏生会と盂蘭盆会が最初に移入されたことに一致するのである。『灌臘経』は擬経とも考えられている（『仏書解説大辞典』）。そうであるとすると、中国において灌仏会が盂蘭盆会とともに重視されていたことがうかがわれるが、その背景には祖先追善の思想があったのではないだろうか。日本への両仏会の伝来に、『灌臘経』の影響が直接あったのかどうかは不明だが、仏教が、我が国固有の祖先信仰を基盤に受容されたことを示唆する例としてとらえることができる。

我が国の民間行事では、四月八日を「卯月八日」「ようかび」などと称し、野山から花を摘んできて竹竿の先に付け、庭先などに高く掲げる「天道花」「夏花」や、山開きや墓参などの行事が全国各地で行われている。農耕の開始期にあたって、田の神である祖霊を山から迎える祭であるという。「天道花」は神霊の依りしろなのだそうである。柳田国男は、我が国では祖霊祭を正月と七月の年二回行うのが古い慣例で、四月に祖霊祭を行う慣習が各地に残っているのは、初夏の望月を新年としていた古い時代の名残りではないかと述べている[16]。

七月の盂蘭盆会のみではなく、灌仏会も民間の祖霊祭の時期に符合していたことが、両仏会のいちはやい移入と定着に結びついたと思われる。卯月八日と灌仏会の習合の要因については、万物生成期という時季の一致、供花が寺院儀礼と民間習俗に共通していること[17]、灌仏の水向け儀礼が稲苗の生育を祈る神事に結びついたことなどが挙げられているが、祖先供養という一致点が特に大きかったのではないだろうか。

伊藤唯真氏は、

祖霊ないし新ボトケの供養に関する観念も両者の習合を促したものであろう。すでに飛鳥時代に、つまり仏教の伝来受容期に四月八日と七月十五日に設斎が行われているが、盂蘭盆の行事とともに取上げられた四月八日のそれは、いわゆる灌仏の行事ではなく、盆と同様に祖先ないし近い死者をまつるためのものであったかもしれない。

と述べている[19]。伊藤氏は四月八日の「設斎」が「いわゆる灌仏の行事ではなく」と推測しているが、前述したように『灌洗仏形像経』の経文によれば、灌仏会自体が「盆と同様に祖先ないし近い死者をまつるためのもの」でもあったのである。

奈良時代の民間写経に「光覚知識経」と称されるものがある。天平宝字五年から六年にかけてのものが二十一巻現存、奥書には計約二百五十名の知識衆の名がみられ、当時の民間仏教の実体を示す史料として注目されている。そのうち、天平宝字六年（七六二）四月八日付写経が現存する。奈良時代にすでに民間においても仏生日の儀礼が根付き始めていたことがうかがわれる。

維天平宝字六年歳次壬寅四月八日

願主僧光覚

巫部刀美古　（『瑜伽師地論』巻五十三跋文）

維天平宝字六年歳次壬寅年四月八日
願主僧光覚師
物部連伯原連阿古　（『説一切有部発智大毘婆沙論』巻第七十八跋文）

天平宝字六年歳次壬寅四月八日　願主僧光覚師
霊光菩薩　（同、巻第八十三跋文）

天平宝字六年歳次壬寅四月八日
願主光覚師
大庭由布足写　（同、巻第一一六跋文）

僧光覚の来歴は不詳である。奥書に「奉為　皇帝后」と記されるものがあることから、光明皇后の一周忌のために発願した一切経書写で、光覚は光明皇后ゆかりの人物であり、知識衆は中宮職または紫微中台などに仕えた畿内の下級官人層とその肉親たちであったといわれる(20)。写経の中には、「恩重父日置造古麻呂・親母秦忌広刀自」などのように父母の名も連記されているものもあることから、書写目的には父母追善という個人的な祈願も含まれていたと考えられている(21)。四月八日の写経も、灌仏会にちなんで追善供養のために行ったのかもしれない。光覚を始め、知識の者たちもほかの史料に名を残していないが、そうした人々が、灌仏会に寄せる信仰を育んでいったのであろう。

梁の宗懍撰『荊楚歳時記』の四月八日の項には、灌仏会に関する記事がある。

四月八日、諸寺（各おの）斎を設く。五色の香水を以て浴仏し、共に龍華会を作し（以て弥勒下生の徴しと為すなり）。

『高僧伝』を按ずるに、四月八日浴仏す。都梁香を以て青色の水を為り、鬱金香にて赤色の水を為り、丘隆香にて白色の水を為り、附子香にて黄色の水を為り、安息香にて黒色の水を為り、以て仏頂に灌ぐ。

（八字の仏、爰に来る。）荊楚の人、相い承く。四月八日、八字の仏を金城に迎え、幡幢（一本は褶幡に作る）・鼓吹（一本は歌鼓に作る）を設け、以て法楽（一本は法華会に作る）を為す。

四月八日、長沙寺の閣下に九子母神あり。是の日、市肆の人、子なき者は、薄餅を供養し、以て子を乞う。往々にして験あり。（『荊楚歳時記』[22]）

四

傍線部の九子母神（鬼子母神）信仰について、勝浦玲子氏は「当時中国の民間で鬼子母神の子授けの信仰と四月八日の釈迦の誕生会が結びついていたことが窺える」とする。日本においても、法隆寺献納金銅四十八体像（東京国立博物館蔵）のうちの摩耶夫人像が灌仏具の一つであったと推定されることなどから、「早くから母性や子授けの信仰と灌仏会・誕生会が結びついて伝えられた可能性も高」く、灌仏会に「百石讃嘆」が朗詠されていたこと、行基に仮託されていることから、「民衆の間に灌仏会・誕生会と出産や育児など母性への信仰が密接なかかわりをもっていたことを予想させる」と述べている。(23)

『灌洗仏形像経』『摩訶刹頭経』には、「百の子、千の孫を求めんと欲せば得べし」の一節がある。また、『灌洗仏形像経』の後半部には「諸の天龍鬼神鬼子母官属、其の身を擁護せん」、「妻子女産生の難有らんに安穏なるを得しむ」と記されている。勝浦氏が指摘する鬼子母神信仰、「出産や育児など母性への信仰」は、経文を源にするものかもしれない。

『荊楚歳時記』四月八日の項には、「八字の仏」（傍線部）の来臨についても記録されている。「八字の仏」について、「その実体は充分明らかではないが、八字を真言とする仏のことであろう。その一には『唵阿味羅吽佉左洛』を真言とする文殊菩薩がある」（平凡社東洋文庫324『荊楚歳時記』注）とされる。密教では文殊師利菩薩は一字・五字・六字・八字などの別がある。八字文殊は髻の数から八髻文殊とも言われ、獅子に騎乗し、右手に剣、左手に五鈷杵を立てた青蓮華を携えて描かれる。八字文殊法は息災除難を祈る修法で、日本では円仁が嘉祥三年（八五〇）に宮中の仁寿殿で修法を行ったのが嚆矢である。(24)

「八字の仏」が八字文殊であったという断定はできないが、『灌洗仏形像経』には文殊菩薩の名号が見え、灌仏会に、文殊信仰が潜在していたことが推測される。

仏、諸の弟子に告げたまはく、「夫れ人身は得ること難く経法は聞くこと難し。其れ天・人有りて能く自ら妻子の分五家財物を減じ、用て仏の形像を浴する者、仏の在せる時の如くせば、所願悉く得ん、度世を求め無為の道を取らんと欲せば、生々に死と会せざることを得べし。精進勇猛、釈迦文仏の如からんを求めんと欲せば得べし。

文殊師利阿惟越致菩薩の如からんを求めんと欲せば得べし。

文殊師利菩薩は智恵（般若）を体現する菩薩として、初期大乗経典より活躍している。釈迦三尊像では、普賢菩薩とともに脇侍として配置される。釈迦降誕日の儀礼に文殊信仰も付随していたとしても疑問は感じられない。「百石讃嘆」の作者と伝えられる行基は、死後間もなく文殊師利菩薩の化身として信仰されるようになった。天長五年（八二六）に創始された文殊会は、行基の貧民救済の活動を継承して創始されたという。毎年七月八日に貧窮者に食事を施給し、滅罪を祈願する法会である。学解を司る菩薩としての信仰とは異なり、文殊は貧窮者の姿を仮りてこの世に現れるという信仰にもとづいたものである。

文殊会の創始によって、九世紀において文殊信仰は全国的な広がりを見せ、天台宗では密教系の文殊信仰も振興した。灌仏会の宮廷行事化（八四〇）と同時代である。行基が、「百石讃嘆」の作者に仮託された背景には、灌仏会と文殊信仰の結合があったのかもしれない。

文殊菩薩は『心地観経』においても重要な位置を占めている。文殊菩薩は、完全なる智恵によって諸仏諸菩薩を教導する立場にあるとされるため、本書第二部第三章189頁でも述べたように、『心地観経』に三世の諸仏の母と讃えられている。

文殊師利大聖尊は、三世の諸仏以て母と為す。十方の如来の初めて発心するも、皆是文殊教化の力なり。

（『心地観経』巻第三、報恩品）

爾の時薄伽梵、無量劫中に諸の福智を修めて獲し所の清浄にして決定せる勝法の大妙智印を以て、文殊師利を印して言はく、「善い哉善い哉、汝今真に是三世の仏母なり。一切の如来の修行地に在るや、皆曾て引導せられ、初めて信心を発せり。是の因縁を以て、十方の国土に正覚を成ずる者は、皆文殊を持って而も其の母と為す。」
（同、巻第七、観心品）

報恩品の文句は『往生要集』に引用されている。

文殊師利大聖尊は　三世諸仏、以て母となす　十方の如来の初発心は　皆これ文殊が教化の力なり　一切世界のもろもろの有情の　名を聞き、身及び光相を見　并に随類のもろもろの化現を見るものは　皆仏道を成ずること思議し難し

と。もしただ名を聞く者は十二億劫の生死の罪を除き、もし礼拝・供養する者は常に仏家に生れ、もし名字を称すること一日・七日ならば、文殊必ず来りたまふ。
（『往生要集』巻上、欣求浄土第七聖衆俱会の楽）

「三世の諸仏以て母と為す」の文句は巷間に流布したらしく、後に歌謡としても歌われるようになった。

三世の仏の母と在す　十方如来諸法の師　皆是文殊の力なり
（『梁塵秘抄』法文歌）

『心地観経』は、文殊菩薩を説く経典としても聞こえていたのではないだろうか。文殊信仰が媒介となって、『心地観経』に縁の深い「百石讃嘆」が、行基に仮託されるようになったとも考えることができる。

注

（1）大谷光照「唐代仏教の儀礼―特に法会について（一）・（二）」（『史学雑誌』第四十六編第十・十一号、一九三五年九・十月）参照。
（2）『誕生仏』（『日本の美術』一五九号、至文堂、一九七九年）参照。
（3）『日本歌謡集成』第四巻（春秋社、一九二八年）所収。
（4）注（3）参照。
（5）榊泰純「百石讃嘆小考」（『国文学踏査』第十四号、一九八六年三月）参照。多屋頼俊氏は、短歌体が原型で句が添加されて仏足石歌体になり、一方朗唱の都合で短歌体から叡山所伝の十句体、高野山所伝の十四句体になり、叡山所伝の十句体から第五・六句が削除されたものが『三宝絵』の八句体ではないかと推測している（『多屋頼俊著作集』第一巻所収『和讃史概説』）。高野辰之氏は短歌体が原型で、偈頌諷誦に合わせたものが『三宝絵』の八句体で、雅楽に合わせたものが叡山所伝の十句体であるとしている（『新訂増補日本歌謡史』）。また、高野氏は「百石讃嘆」はおそらく天平六年光明皇后が興福寺に先妣橘夫人のために西金堂を建てた際に用いられたものであろうとし、多屋氏は「百石讃嘆」は灌仏会に唱えたもので、「灌仏会は天平時代から存する様であるが、其の当初から諷唱したか否か明らかで」はないとしている。
（6）本書第一部第六章122頁参照。
（7）『諸経要集』は天平十九年六月七日「写疏所解」を始め正倉院文書に散見し、『法苑珠林』も天平勝宝三年九月二十日「写書布施勘定帳」に書名が見える。
（8）本書第一部第五章104頁及び注（12）参照。
（9）『心地観経』翻訳に携わった日本僧霊仙が、中国五台山滞在中の長慶五年（天長二年、八二五年）、日本からの使者である渤海僧貞素に「新経両部」その他を託している（『入唐求法巡礼行記』巻第三）。「新経」の一部は『心地観経』ではないだろうか。同年十二月、渤海使船が日本に到着している（『類聚国史』）。拙稿「東大寺諷誦文稿の成立年代について」（『国語国文』一九九一年九月）参照。

(10)『天台法華宗牛頭法門要纂』『一心金剛戒体秘決』は後世の偽撰ではないかという説がある。年代不詳の『払惑袖中策』も最澄撰の真偽を問われている。承和十四年（八四七）撰、最澄の弟子安慧・憐昭による『愍諭弁惑章』には『心地観経』からの引用がある。

(11) 注（9）拙稿参照。

(12) 228行後半の「三千六百日之内守」について中田祝夫『東大寺諷誦文稿の国語学的研究』の出典調査では「未調査である」とされているが、「人は十月にして生まれ、三年乳哺し、十歳の後能く自ら出づ」（『大智度論』巻第八）などに拠ったものではないだろうか。

(13) 横田隆氏は、「灌仏会における百石讃歎の朗誦はけっして「自明」なことではない」と指摘し、「百石讃歎が灌仏と直接かかわる詞章を持たない」ことと呼応するかのように、さまざまな法会と結びついてきたことを述べ、『三宝絵』「灌仏」条で百石讃歎が紹介される意味は、灌仏会が尊子の母懐子と叔父藤原光昭の忌日の直後の行事であったことに関わりがあるであろうと論じている（「百石讃嘆と『三宝絵』」、『論集説話と説話集』所収、和泉書院、二〇〇一年）。

(14) 竹田聴洲「七世父母攷」（『竹田聴洲著作集』第七巻所収）参照。灌仏会については、「一般に仏祖の降誕を祝福する儀礼が仏教流布の地域において逸早く実修に移されることは極めて自然で」、『灌洗仏形像経』『灌臘経』にも「七世父母五趣親属」得益のことが説かれているが、「当時の我が国仏教儀礼としては経典の所説を云為してよりは、大陸に於ける実修を移模して行われるという事情の方が遙かに有力であったろう」と述べている。

(15) 古くは失訳とされる類本が伝わっていたらしい（『国訳一切経』解題）。大正蔵の『灌洗仏形像経』は、宋版大蔵経には『摩訶刹頭経』聖堅訳とされていたものを、契丹版大蔵経によって『灌洗仏形像経』法炬訳に改めたものである。

(16) 柳田国男『先祖の話』『年中行事覚書』『新たなる太陽』参照。

(17) 伊藤唯真『仏教と民俗宗教』第三章（国書刊行会、一九八四年）参照。

(18) 中村康隆「彼岸会と花祭り」（『講座・日本の民俗宗教2・仏教民俗学』所収、弘文堂、一九八五年）参照。

(19) 伊藤唯真前掲書参照。

(20) 岡田誠司「光覚知識経について」（『続日本紀研究』第一三〇号、一九六六年四月）参照。

(21) 勝浦玲子「光覚知識経の研究」(『続日本紀研究』第二四二号、一九八五年十二月) 参照。
(22) 宝顔堂秘笈本を定本とする平凡社東洋文庫・守屋美津雄訳注『荊楚歳時記』による。「『高僧伝』を按ずるに」より「以て仏頂に灌ぐ」までは隋の杜公瞻の注とされる部分。「(八字の仏、爰に来る。)」以下は、守屋『中国古歳時記の研究』によると、『歳華紀麗』と『宋歳時広記』に引用される『荊楚歳時記』逸文。『荊楚歳時記』二月八日の項にも「釈氏下生の日」として記事がある。
(23) 勝浦玲子「古代における母性と仏教」(『季刊日本思想史』第二十二号、一九八四年) 参照。
(24) 「又請天台宗座主前入唐請益伝灯大法師位円仁及定心院十禅師等於仁寿殿。令修文殊八字法」(『続日本後紀』巻二十、嘉祥三年二月十五日)。

あとがき

本書は、二〇一三年三月に学位を授与された博士論文「平安初期仏教と文学の研究—『日本霊異記』と『東大寺諷誦文稿』—」第一部「『日本霊異記』の研究」に、論文四本を加えて加筆修正したものである。成城大学文芸学部二〇一三年度研究成果刊行助成金の交付を受けて刊行する。成城大学文芸学部及び文学研究科、博士論文と刊行助成の審査にあたってくださった小島孝之先生、篠川賢先生、後藤昭雄先生、上野英二先生、そして出版を快く引き受けてくださった青簡舎の大貫祥子氏に心より謝辞を申し上げる。

各章の初出は以下の通りである。

第一部　『日本霊異記』の仏教思想

第一章　道場法師系説話の善悪応報

「道場法師系説話の善悪応報」（小峯和明・篠川賢編『日本霊異記を読む』吉川弘文館、二〇〇四年）

第二章　烏の邪婬と極楽往生　—中巻第二縁—

「「烏といふ大をそ鳥の」—『日本霊異記』中巻第二縁考—」（『説話論集』第五集、清文堂出版、一九九六年）

第三章　『日本霊異記』の異類婚姻譚　—神話から仏教説話へ—

「『日本霊異記』の異類婚姻譚—神話から仏教説話へ—」（『成城国文学論集』第三十一輯、二〇〇七年三月）
第四章　魚食僧伝説と文殊信仰
「魚食僧伝説考—文殊信仰と戒律—」（佐伯有清編『日本古代史研究と史料』青史出版、二〇〇五年）
第五章　善珠撰『梵網経略疏』と『日本霊異記』—『梵網経』注疏の受容について—
「『日本霊異記』と『梵網経略疏』」（『仏教文学』第二十六号、二〇〇二年三月）
第六章　中有と冥界—『日本霊異記』の蘇生説話—
「中有と冥界—『日本霊異記』の蘇生説話—」（『成城国文学論集』第三十二輯、二〇〇九年三月）
第二部　行基智光説話とその周辺
第一章　行基と智光—『日本霊異記』中巻第七縁—
「『日本霊異記』中巻第七縁考」（『成城国文学』第八号、一九九二年三月）
第二章　智光曼荼羅縁起説話考
「智光曼荼羅縁起説話考」（『成城国文学論集』第二十三輯、一九九五年三月）
第三章　献芹考—葛城王の贈答歌から真福田丸説話まで—
「献芹考—葛城王の贈答歌から真福田丸説話まで—」（『成城文芸』第二一三号、二〇一〇年十二月）
第四章　百石讃嘆と灌仏会
「百石讃嘆と灌仏会」（『成城国文学論集』第二十六輯、一九九九年三月）

大学院生時代に出雲路修先生の『説話集の世界』を読み、説話集の論理と構造の解明に強い感動を覚えた。それ以来、出雲路先生のご研究とお導きを道標として説話文学研究を続けてきた。その学恩に、深くお礼を申し上げる。

成城大学文芸学部国文学科、同大学院文学研究科国文学専攻で学んだ後、文芸学部国文学科の教員として教壇に立つことになってから、二十年が経過した。師であり同僚である今までのすべての文芸学部の先生方と、研究生活を支えてきてくれた夫に感謝をささげる。

二〇一四年三月

著　者

小林 真由美（こばやし まゆみ）

一九六三年 宮城県生まれ
一九八六年 成城大学文芸学部卒業
一九九二年 成城大学大学院文学研究科博士課程単位取得退学
二〇一三年 博士（文学・成城大学）
現 在 成城大学文芸学部准教授

日本霊異記の仏教思想

二〇一四年三月三一日 初版第一刷発行

著 者 小林真由美
発行者 大貫祥子
発行所 株式会社青簡舎
〒一〇一-〇〇五一
東京都千代田区神田神保町二-一四
電 話 〇三-五二一三-四八八一
振 替 〇〇一七〇-九-四六五四五二
装 幀 水橋真奈美（ヒロ工房）
印刷・製本 株式会社太平印刷社

ISBN978-4-903996-73-8 C3093